講談社文庫

晴れ、時々くらげを呼ぶ

鯨井あめ

JN041513

講談社

目次

晴れ、時々くらげを呼ぶ

1

クラゲ
――刺胞《しほう》動物と有櫛《ゆうしつ》動物に属する動物を、総称的にクラゲという。水中に生息する。大きさ、形態とも変化に富んでいるが、体は透明でゼラチン質からなり、基本的には浮遊生活に適した体型である。

僕が指した文章を見て、小崎《こさき》は首を傾《かし》げた。

「これがどうしました？」

園児みたいな高い声が司書室に響く。いるのは僕らふたりだけ。窓から差しこむ朗《ほが》らかな春の日差しが、僕の左半身を温めている。

「ここに書いてあるとおり、」僕は百科事典の、薄い紙のページを人差し指で叩いた。「確かに変化に富んでいるって書いてあるし、浮遊生活とか書いてあるけど、クラゲは海の生物だろ」

「湖にもいますよ」

と読む。

「でも、空から降ってきたりはしない」

小崎はテーブルに身を乗り出した。百科事典を覗き込み、米粒のような文字をじっと読む。

「確かにいろいろ書いてありますね」

でも、と彼女の顔が上がる。茶色の長髪がさらりと揺れ、大きな瞳が、向かいに座る僕を映す。「降りますよ、クラゲは」

「降らないって」

「降ります」見開かれた目。自信満々の表情だ。

僕は間を置いた。

「……クラゲは降るんだね？」

「はい。だから呼ぶんです」

小崎は誇らしげに言ってシャーペンを持った。

彼女が取り組んでいるのは数学だ。僕も去年のいま頃に習ったなぁ、と彼女のノートをぼんやり眺めていると、導出過程のミスを見つけた。

僕らの間には、百科事典の他にノートと教科書が広げられているが、真面目に計算式を書いている小崎に対して僕のノートは真っ白だ。

勉強はいつもすぐに飽きてしまう。おかげでわからない問題ばかり増えていくけれど、対策しようとは思わない。どうでもいい。僕は教科書の章末問題を一問だけ解き、赤ペンで丸を付けてノートを閉じた。本日の頑張りは終了だ。百科事典を片手に立ち上がり、図書室に続くドアを開ける。

図書室の自習机はほとんど埋まっていた。みんな勉強中だ。シャーペンと紙の擦れる音だけが響いている。僕が室内を歩いても、百科事典を本棚に戻しても、誰ひとりとして気にかけない。

司書室に帰ってくると、小崎の手が止まっていた。難しい顔で問題文を睨《にら》んでいる。

彼女の向かいに座ってノートを見ると、計算が上手くできていない。さっきの過程のミスのせいだろう。

「ここ、間違ってる」

式を指すと、彼女は「あれ？」と呆《ほう》けた顔で教科書の解答ページを開いた。答えと照らし合わせ、まるで解答が間違っているかのような形相をする。僕でもわかる基礎問題だけど、この子、大丈夫か。

「その公式だとできないから。使うのはこれ」

教科書をめくって教えると、「なるほど」と返ってくる。なるほど、は、わかっていない人の使う言葉だ。

小崎優子《ゆこ》。努力が空回りする小動物。メラニンの薄い茶色の長髪と、お子様のごとくあふれる好奇心が反映された瞳。思いつくまま喋る優れた脊髄《せきずい》反射の持ち主で、動作ひとつひとつが素早く大雑把《おおざっぱ》で仰々しい。そんでもって勉強に不向き。基本姿勢はネコに立ち向かうネズミだ。いまだに無言で解答を睨みつけているが、放っておこう。

僕は文庫本を開いた。半ばに挟まっているしおりを抜く。

僕と小崎は図書委員だ。ふたり一組で放課後の図書当番をしている。図書委員は仕事も少ないし、業務時間が過ぎれば帰宅が許される、自由な委員会である。

この高校——峯山《みねやま》高校は、県内では有数の進学校だ。優秀な卒業生に続こうと勉学に精を出す生徒が多く、学校側もやる気を出させようと必死になっている。だからといって、校内でのスマホの使用は禁止、なんて校則はいかがなものかと思うけど。

勉強第一の生徒たちは図書室を自習スペースだと思っている。なかには本を借りていく生徒もいるが、ヘビーユーザーは自動貸し出し機の使い方を熟知しているので、図書委員の出番はない。というわけで、業務時間内でも司書室で勉強したり本を読んだりできるわけだ。

もうすぐ一学期の中間テストがやってくる。僕は高校生活も二年目なので、勉強のいなし方も慣れてきたが、小崎は入学してまだ一ヵ月。義務教育ではない高校の授業進度は速く、ジェットコースター並みの急加速で生徒を振り落としていく先生もいる。

小崎が僕を見上げた。

「越前《えちぜん》先輩」

「ここ、何の公式を使うんでしたっけ」

「だから、これ」

教科書をめくって教えると、小崎はまた「なるほど」と言った。

僕は読書に戻るふりをして、ノートに視線を落としたまま動かない彼女を見遣る。

小崎は夢見がちな不思議ちゃんだ。ずっと、雨乞いならぬクラゲ乞いをしている。

読書は区切りのいいところでやめた。

目が疲れた。眉間を揉む。読むスピードが遅い僕にしては健闘している方だが、いま読んでいるのは文庫版の詩集、宮沢賢治《みやざわけんじ》の『春と修羅』だ。文章量はそれほど多くないし、上から下まで文字が詰まっているわけでもないので、ページをさくさくめくることができる。

詩はすぐに読めて良い。何を伝えたいのかわからなくても、読み終わるとそれなりに達成感がある。

腕時計を確認すると、委員の業務時間は大幅に過ぎていた。文庫本をリュックサックに仕舞う。

小崎が顔を上げた。「帰るんですか？」

「うん」

「じゃあわたしも行きます」

「そう」

「待ってください」

僕は先にリュックを背負って、図書室と司書室をつなぐドアに〝図書委員不在〟の札をかけて廊下に出た。小崎が付いてくる。

「屋上、行くの？」ドアをそっと閉めた彼女に尋ねる。

「行きます」

「今日もやるんだ」

「やります。だって、降るかもしれないじゃないですか」

時間があるし、暇なので、僕も付き合うことにする。

彼女の先導で屋上に着いた。

この高校は屋上にフェンスがあり、天気が良いときのみ開放される。屋上に出られる高校なんてマンガや小説のなかだけだと思っていたので、入学当時の僕はちょっとした衝撃を受けた。でも、当然ながらボール遊びやバドミントンは禁止。フェンス以外は手入れされていないので、床も汚れっぱなしだ。実際の利用者は少ない。

今日は五月《さつき》晴れだった。春の空は柔らかく、引きちぎられた綿菓子のような雲が青の半分を占めていた。

「さあ、今日もやりますよ！」

小崎はパンダ柄のリュックサックを放り出すと、屋上の真ん中へ走った。突然ぴたりと止まる。すう、と肩を上げて息を吸いこみ、はあ、と屈んで息を吐く。両手を大きく広げて顔を上げた。長い茶髪が春風に揺れた。

「来い！」

高くて幼い声が、春の空に吸いこまれていく。

「来い！　クラゲ！　降ってこい！」

僕は屋上の出入り口に腰かけ、リュックサックから『春と修羅』を取り出した。第三集に入ったところだ。相変わらず伝えたいことはわからないが、文字を追う。

「クラゲ、来い！」

甲高い声が響いている。奇妙なＢＧＭだ。

クラゲ乞い。改めて考えてみるけれど、小崎は頭がおかしいのかもしれない。雨乞いならわかる。時代錯誤ではあるけど、まだ理解できる。クラゲってなんだ。

なぜ彼女がクラゲを呼んでいるのか。なぜクラゲは降るものだと思っているのか。僕は知らない。下手に関わりたくないし、小崎が僕に説明してくることもない。

彼女は出会ったときからそうだった。四月も始まったばかりの登校中。信号待ちをしている僕の自転車によろけてぶつかってきて、「すみません！」と勢いよく頭を下げた後、上目遣いで言った。

「クラゲ、降ってきませんでした？」

変なやつに絡《から》まれた。「さあ」と首を傾げて逃げ出した僕は、委員会の顔合わせで彼女と再会したわけだ。

比喩《ひゆ》ではないのだろうし、別の何かをクラゲと呼称しているわけではないので、彼女はたぶん、本当に、本気で、クラゲ乞いをしている。

「来い！　降ってこい！　ここだー！」

サンタクロースを信じる高校生も稀《まれ》にいるだろう。宇宙人も幽霊も定かじゃないが、存在を信じている人はいる。それと同じだ。クラゲが空から降ってくると思いこむ人だっている。

「世界に落ちて来い！　クラゲ！　来い！」

どういう教育を受けてきたのか、とは思うけど。

「クラゲ様、おいでくださーい！」

緩やかに陽《ひ》が傾き、空がオレンジに染まっていく。

「今日はこんなところにします」

小一時間クラゲを呼び続けた小崎は、こちらを振り返った。恐ろしい切り替えの速さだ。彼女の素早さは潔い。

「どう？　クラゲ、来た？」

「来ませんでした。呼び方がよくないみたいです」

「普通に呼んでただけだよね」

「はい」

彼女はずっと、クラゲ、来い！　と言っていただけだ。多少は手の挙げ方を変えたり、体勢を変えたり、台詞《せりふ》を変えたりしていたけれど、それで降るなら苦労はない。

「何か良い方法はありませんかねえ」

「さあ」僕は『春と修羅』を仕舞った。「そもそも、クラゲって降るものじゃないから」

「降りますよ。でもやっぱり一ヵ月で結果は出ませんよね」

「だろうね」

「勉強でも成果が出るのは三ヵ月後とか言いますもんね」

「たぶんね」

「努力を重ねた人にしか見えない景色がありますよね」

小崎はパンダ柄のリュックサックを背負う。大きめのサイズなので、重さに引っ張られた彼女が背負われているような格好《かっこう》になる。

「同じ方法を繰り返すだけじゃ進歩しませんよね。黒魔術とか、そういうのに手を出すべきかもしれません」

「まずは交信術とかにしなよ」軽率にファンタジーに走るな。せめて多少は現実を見てほしい。「昔の雨乞いの方法を踏襲《とうしゅう》するとか。お祓《はら》いとか、祈禱《きとう》とか、そんな感じの方向性は？」

「けど、わたしがやってるのはクラゲ乞いなんですよ」

知らないし、ついアドバイスじみたことを言った自分が馬鹿みたいだ。

僕は立ち上がり、先に階段を下りる。

小崎の足音が背中に聞こえる。下校を促すチャイムが鳴った。

「じゃあ先輩、お疲れ様でした」

小崎はぺこりと礼をして、生徒玄関で靴に履き替えて走っていった。長い髪が太いしっぽのような房になって、左右に揺れている。ますます小動物だ。

2

翌日の放課後。

僕は帰宅部をまっとうする使命があるので、授業が終わると生徒玄関へ向かった。

人の流れに乗って階段を下り、職員室の横を通って、部活に向かう生徒の間をぬって進み、下駄箱にたどり着く。上履きを脱いだ。

「亨《とおる》」

突然、肩を組まれた。

「遠藤《えんどう》」

「よう」

すぐ近くに得意げな顔がある。暑苦しいな。

「俺、見ちゃった」

遠藤は白い歯を見せてにやりとした。嫌な予感だ。

「見たって何を」

「昨日だよ、昨日」彼はわざとらしく辺りに視線を遣《や》ってから、耳打ちしてきた。

「おまえ、彼女できたの？」

「できてないし離れろ」

腕を払うと、数歩下がった遠藤は人にぶつかりかけた。大混雑している玄関で、肩を組んでくる神経を疑う。

「とーおーるー、なんだよ水臭いな。俺とおまえの仲じゃん。教えてくれよ」

人懐《ひとなつ》こい笑みだ。こいつは悪気がないから面倒くさい。

春だというのに焼けた肌。短い黒髪は邪魔にならない長さ。長身で細身な筋肉質。彼を見た十人のうち十人が「サッカー少年？」と思うだろうし、それは間違っていない。彼は地元の有名チームに所属している。リーグチームの下部組織、ユースチーム、だったか。
「あの彼女ちゃん、年下か？　亨も隅に置けないなぁ。小さくて髪が長くて、」

「小崎のことを言ってるんだろ」

「小崎っていうんだ」遠藤の口角が上がった。「意外だな。おまえ、ああいうタイプが好みだっけ？」

あらぬ誤解を受けている。

「だから彼女じゃないよ」靴に履き替える。「図書委員が同じだけ」

「でも一緒にいるだろ」

一緒にいるだけで付き合っていると思われるのは面倒だし偏見だし、思考回路がワンパターンだ。

「遠藤」

「うん？　惚気《のろけ》か？　聞くぜ」

「遠藤は、僕が女子と一緒にいるのを見かけると、すぐに付き合ってるかどうか訊いてくるよな」

中学のときだ。体育祭の実行委員を押し付けられた僕と女子生徒が話しているのを見ただけで、「お似合いじゃん！」とはやし立ててきた。そのせいで僕とその子はぎくしゃくして、体育祭の計画が話しづらくなった。

「そろそろやめたほうがいいと思うけど、その癖」

「いやいや、付き合ってるのかな、って思うって。実際どうなの？　付き合ってんの？」

「じゃあ遠藤、三組のあいつ、サッカーをやってるやつ、いるだろ。おまえと同じチームの」

遠藤は間を空けて首を傾げた。「下田《しもだ》か？」

いつも遠藤と一緒にいる、坊主頭の長身だ。同じサッカーチームに所属していることは知っていたけど、名前は知らなかった。下田というのか。

「一緒にいるやつが恋人なら、下田がおまえの恋人でもおかしくないよな」

遠藤が演技っぽく噴き出した。

「ないない。それはない。一緒にいるのもたまたまだし、てか俺、ストレートだし」

「そういうことだよ。僕もたまたまだし、あれが彼女は、ない」

「え、ないの？」遠藤は瞬《またた》いた。感情の起伏が忙《せわ》しないやつだ。「かわいい子じゃん、えっと、小崎ちゃん」

「意味のわからないこと言うし、意味のわからないことするし、意味がわからないから」

「あれ、遠藤」

噂をすればなんとやら。教室棟から来た下田が、上履き片手に立ち止まっている。彼はニカ、と嬉しそうに笑った。

「一緒に行こうぜ。これから練習じゃん」

遠藤が「おう」と明るく返して僕を見た。真顔だった。

「おまえさ、そういう言い方はないと思う」

「どういう言い方？」

僕は靴のつま先で地面を叩き、履き心地を調整する。

「意味がわからないとか、そういうの、あまり人前で言わないほうがいいぞ。印象が悪くなる」

余計なお世話だ。

「せっかく彼女ができたお祝いをしてやろうと思ったのに」

「だから、彼女じゃないから」

「本当にできたら教えろよな！」

遠藤は「ドンマイ」と僕の肩を力強く叩き、下田と連れだって出ていく。

何がドンマイだ。僕は失恋してないし、する予定もないし、そもそも恋愛感情なんて持ち合わせていない。

遠藤とは小学校からの幼馴染《おさななじみ》だが、性格がまったく違う。あいつは活発でクラスの中心にいて、人に迷惑ばかりかけるのに悪びれないし、人柄で許されている。そしてたまに、僕には絶対できない、僕にとってはありえないことをしでかす。いまだって意味もなくかき乱された。嫌いだ。

叩かれた肩を払ってリュックサックを背負い直し、自転車置き場に向かった。

ぐう、と腹の虫が鳴る。今日は母さんも帰ってくるだろうか。

マンションに帰ると、電気が点いていた。

「ただいま」

長い廊下の奥に声を投げると、ダイニングキッチンから「おかえりー！」と声が響く。母さんだ。帰ってこられたらしい。けれどカレーのにおいがする。ということは、またしばらく家を空けるのだろう。

廊下の途中にある自室に入り、リュックサックを下ろした。白い壁紙の殺風景な部屋だ。勉強机とベッドと本棚があるくらいで、本棚といっても並んでいるのは教科書とノートだけ。

　ベッドに寝転んでスマホを触りたい欲に駆られつつ、ダイニングキッチンに向かう。

「手洗いうがい、した？」

　入るなり言われた。ため息が出る。

「母さん、僕はもう子どもじゃないんだから」

「してないでしょ。ほら、洗面所に行っておいで」

　母さんは疲れの残った顔で、わざとらしく頰を膨らませた。四十歳超えのおばさんがしてもかわいげはない。恥ずかしいことをしないでほしい。

　洗面所から帰ってくると、テーブルの上にはカレーとサラダが並んでいた。

「さ、食べよ」

　母さんは早くも手を合わせている。僕は斜め向かいに腰かけた。

「いただきます」母さんが軽くお辞儀をした。

「ただきま」僕はスプーンを持つ。「母さん、今日は帰ってきたんだ」

「うん、一段落ついたから」母さんはサラダに胡麻《ごま》ドレッシングをかけた。「次の特集も目処が立ちそう。母さんの企画なのよ。新本格ミステリー作家が、近年発売されたミステリー小説からお勧めを選ぶ、題して、〝新・新本格ミステリー!〟。どう? おもしろそうでしょ?」

「さあ」

ミステリーは読まないのでわからない。シャーロック・ホームズすら通っていないので、毛ほども興味のわかない分野だ。

「で、その取材でちょっと京都まで行くから、明日と明後日《あさって》は帰ってこられないから、いつも通りよろしくね」

「うん」

「明日の夜はまだカレー余ってるから、それ食べて」

「うん」

「明後日は自分で頑張って」

「わかった」

「晩ごはん、自分で作れるようになって偉いね」

「うん」

またコンビニで適当に見繕ってこよう。便利な時代になったものだ。コンビニのない時代なんて知らないけど。

母さんは出版社で働いている。通勤ラッシュの満員電車で隣県まで向かい、雑誌の記事を作っている。一般向けのカルチャー雑誌だ。母さんはいつも小説の特集をしている。最近はサブカルチャーの記事も増えていて、先月号の表紙はアニメのイラストだった。僕は、本っていうのはそういうのとはかけ離れたものだと思っていた。母さんもそう思っていたはずだけど、僕の勘違いだったのかもしれない。

スプーンでカレーをすくうと、ドロリとしていた。我が家にスープカレーという概念はない。

母さんが家を空けるときは、いつもカレーやシチュー、ハヤシライスの類《たぐい》を作り置きしてくれる。料理は面倒だからとてもありがたい。ありがたいけど、そろそろ飽きてきた。全身がドロドロになりそうだ。

正直、コンビニ弁当がいちばん美味い。

「亨。最近はどう？　高校、楽しい？」

「まあまあ」

この質問、困るんだよな。正解がわからない。どう答えたら追及されなくて済むんだろう。

僕はサラダをむしゃむしゃ食べながら、カレーに視線を向けた。他に見るべきものがない。

「テストは？　そろそろ中間でしょ。勉強、進んでるの？」

「うん」

「困ってない？　塾とか行かなくて大丈夫？」

「うん」

「いつも家を任せてごめんね」

「うん」

母さんは黙った。僕も黙ったままトマトを咀嚼《そしやく》する。

父さんが生きていれば。

父さんが生きていれば、僕の身体がカレーで構成されることはない。母さんは仕事で家を空けることを僕に謝らない。こんなに気まずい沈黙も訪れない。

父さんが生きてさえいれば。

「ごちそうさま」

皿を流しに持っていく。母さんはまだカレーを食べていた。食べる配分を間違えたようで、白米だけ多く残っている。僕は自室へ戻った。

ぐるぐる回った挙句に同じ仮定へたどり着くのはやめたい。やめたいと思いながらもやめられない。

生きてさえいれば。

なんで生きてないんだよ。呪いの言葉を残して死んで、迷惑ばっかりかけて、役立たずもいいところだ。

拳をぐっと握り、力を抜いて、水気を切るみたいに払う。

リュックサックから本を取り出した。『春と修羅』だ。そろそろ読み切ってしまおう。


朝。

母さんの姿はなく、トーストと目玉焼きとベーコンとハムサラダと、レトルトのコンソメスープがテーブルに並んでいた。洋食は作るのが楽なんだろうな。ベーコンと目玉焼きを焼くだけだし。作ったことないけど。

適当に食べ終えて皿を洗った。濡れた手を拭いて、ダイニングキッチンの奥にたたずむ直方体を見遣る。

上から布がかけられたそれは、僕の身長と同じくらいだ。

近づいて布をとった。

現れたのは、縦百七十センチ、横一メートルの木製の本棚。棚の数は五つで、文庫本が隙間なく収まっている。ガラス張りの観音扉がついていて、金メッキの剝《は》げかけた取っ手がふたつ中央にある。僕は長らくその取っ手に触れていない。

ガラス越しに中を見る。三段目の棚の右側に、『春と修羅』の背表紙が見えた。僕がいま持っている文庫本とはデザインが違うものだ。その右隣には『銀河鉄道の夜』が並んでいる。

『銀河鉄道の夜』は、小学生の頃に憶《おぼ》えがある。朝学活に来てくれたボランティアのおばさんが朗読をしてくれた。どんな内容だったかは、あやふやだけど、それほど長い話ではなかったはずだ。

再び本棚に布をかぶせた。外した形跡を極力残さないようにする。

これは父さんの本棚だ。父さんが遺《のこ》したもので、母さんにとっては宝物。僕にとっては開けることのない本棚。開かずの本棚。

時計を見てリュックサックを背負う。背負ってから記憶をたどり、下ろしてチャックを開け、昨晩に読み終わった『春と修羅』が入っていることを確認した。

今日の返却本だ。朝のうちに、生徒玄関の返却ボックスに入れておけばいい。

教室に向かう途中の階段で小崎を見かけた。

長い髪をリュックサックと背中に挟み、階段を跳ねるように駆け上がっていく。元気な姿はウサギのようだ。

「よう、亨」

後ろから来た遠藤に肩を叩かれた。

「あの子だろ、小崎ちゃん」

「彼女じゃないからな」

「わかってるって。まだ、だろ?」

わかってないな。

「これからもない」僕が本気で嫌な顔をしていたのか、遠藤はいつもの積極性をすっぱり捨てて「そうか、悪い」と言った。

「なんだか聞いた話によると、小崎ちゃんって引っ越してきたんだって?」

僕は階段の途中で立ち止まった。後ろの生徒がつんのめるように止まり、僕をギロリと睨む。軽く頭を下げて、僕は踊り場の端に寄った。

遠藤も寄ってくる。

「引っ越してきた？」

「そうそう。ここらの中学校の出身じゃないらしい。昨日、下田に聞いたんだけど」

下田に聞いた。つまり、僕と小崎が付き合っていると勘違いしたくだりも話したんだろう。変な噂がたたないことを祈る。

「下田、小崎ちゃんと部活が同じなんだよ」

「部活？」

「そう。茶道部。あいつはほとんど幽霊部員だけどな」

知らなかった。下田はどうでもいいが、小崎は茶道部だったのか。てっきり無所属だと思っていた。毎日のように、人のいない屋上でクラゲを呼んでいるものとばかり。

「下田のやつ、新入生の顔合わせくらい行ったほうがいいだろってことで、一瞬だけ茶室に顔を出したらしいんだけどさ」

茶室というのは、学校の隣にある小さな木造の建物のことだ。峯山高校は部活用の施設が充実している。小さな二十五メートルプール（ただし使われていない）と弓道場の存在を知ったときは驚いた。

「小崎ちゃん、自己紹介で出身中学を言わないもんだから顧問に訊かれたんだって。

そしたら県外です、って」

　この公立高校は県外からの生徒を受け入れていないので、小崎は高校入学で引っ越してきたことになる。

「で、おまえならどこの中学校の出身か知ってるかな、って思ってさ」

「知らないよ」いつの間にかすぐ近くに迫ってきていた遠藤から顔を逸《そ》らす。「そういう話、しないし」

「じゃあ何の話をしてるんだよ。まさかずっと黙ってるのか？　おいおいコミュ障じゃん」

　憶測《おくそく》でものを言うな。それなりに会話はしてるし、僕は人と必要以上に関わりたくないだけだ。などと言い返す気も起きない。

「僕、もう教室に行っていい？」

「待て待て待て。小崎ちゃんって恋人いる？」

「はあ？　誰が好き好んでそんな話題を」

「何か知ってたら教えてくれ。頼む」

「なんで？」

「惚《ほ》れたんだってさ」

僕は遠藤の顔をまじまじと見た。

遠藤は眉を下げ、困ったように笑っている。

「惚れたって、誰が」

「下田が」

「いつ」

「その新入生の顔合わせ。一目惚れだって。俺も昨日に知ったんだけど。でもあいつ、次の試合のレギュラー入りが決まって練習量がやばいから、茶道部に行けてないんだよ」

つまり、下田のために小崎の情報を渡せと。

不快だ。

「自分で訊けよ」

僕は階段を上る。後ろから「頼むぜ、親友！」と聞こえたが、無視した。

いつから僕らは親友になったんだ。ただの小学校からの幼馴染、いや、顔馴染なだけだ。誰かに迷惑をかけるやつは嫌いなんだ。僕を使うな。

朝から疲れた。

三階の四組に入ると、クラスは賑やかだった。僕の登校時間が遅めなこともあり、クラスメートの大半がそろっている。教室内に散らばる男子と固まって群れる女子を見ながら、僕は右端――廊下側の列、前から三つ目の席に着いた。一時間目は生物。担任の教科だ。

担任は三十代半ばの男性教諭で、去年に結婚した。授業は比較的わかりやすい。教科書、資料集、ノート、筆箱を机の上に出す。

前の席には女子生徒が座っている。関岡《せきおか》だ。セミロングの黒髪で眼鏡をかけていて、非常に頭が良い。毎日のように図書室で見かける。いまも右手が動いているので、勉強をしているようだ。中間テストの対策だろう。勤勉だな。

熱心な後ろ姿を横目に、リュックサックから音楽プレーヤーを取り出した。イヤホンを耳に挿しこんで適当なロックを流し、ささくれ立った気分を払拭《ふっしょく》する。

「あ」

『春と修羅』を持ったままだ。

返し損ねた。

放課後の図書室は相変わらず人が多く、静寂が渋滞していた。重たい空気だ。当番でもないのに来てしまったことが悔やまれる。でも持って帰るのも癪だし、次を借りなければならない。

返却ボックスに『春と修羅』を入れて、一般書籍の文学コーナーに向かった。図書室の奥だ。背の高い棚には、著名な文豪の作品がずらりと並んでいる。『山椒大夫《さんしょうだゆう》』や『或《あ》る女』、『細雪《ささめゆき》』、『伊豆《いず》の踊子』といった題名のなかから、『銀河鉄道の夜』を取り出した。舞ったほこりが利用者の少なさを物語っている。

『銀河鉄道の夜』は文庫本で、短編集だった。黄ばんだページをパラパラとめくる。収録されているなかで「よだかの星」が目に留まった。聞いたことがあるな、と思ったら、ロックバンドの曲が脳内で再生された。そういえば歌詞に引用されている。よだかの星ってなんだろう、と疑問だったが、宮沢賢治の小説が元ネタだったのか。

図書室の出入り口に向かい、自動貸し出し機で登録した。ほこりを払ってリュックサックに入れる。

司書室のドアが蝶番《ちょうつがい》を破壊する勢いで開いた。

物静かな図書室では、些細な音も大きく聞こえる。思い切りドアを開け放った音なんてなおさらだ。図書室中の注目が一点に集まる。もちろん僕もドアを見た。

仁王立ちの女子生徒が手招きをしていた。

視線が合ったので、自分を指して「僕ですか？」と目で尋ねた。女子生徒が頷く。

あごのあたりで髪を切りそろえた、気の強そうな美人だ。

僕は仕方なく司書室に入った。

「なんですか？」

「きみ、図書委員でしょ？」

「はい」

「やっぱり」

女子生徒はふふん、と鼻を鳴らした。

ため口ということは、同級生だろうか。それとも無条件にため口が許される学年、三年生かもしれない。

どこかで見かけた気がするけど、定かじゃない。ひとまず、波風が立たないように僕は敬語を選ぶ。

「何か用ですか」

「ちょっと困ってるんだよね」

女子生徒は司書室内のパソコンに向かった。図書の管理用ソフトウェアが入っているパソコンだ。型が古く、動作が遅い。

「この本を購入予約したい、って子がいるんだけど、どこにどう入力したらいいのかわからなくて」

片手に折りたたまれた紙切れを示して、彼女は言う。

珍しい話だ。

購入予約とは、本を注文して図書室に入荷してもらうことだ。常時募集をしているが、申し込みは滅多にない。司書の先生ですら、その存在を忘れかけているだろうに。

加えて、このぱっつん美人も図書委員というわけだ。おそらく委員会の会議で顔合わせはしている。顔だけぼんやり憶えがあるのは、そのためだろう。けど、話した記憶はない。名前も憶えていない。たぶん、先輩のはず。

「いや、そういうのは僕らにはできませんよ」

「え？　できないの？」

「お金が絡んでくると、司書の先生のアカウントじゃないと」

「あ、そうなんだ。だからアクセス権限がなかったのね」

「アクセス権限？」

デスクトップを覗くと、見たことのないウィンドウが表示されていた。プログラマーが使っていそうなものだ。ひたすらアルファベットや記号が並んでいるだけの、あれ。

「ちょっと調べてみたんだよね」

先輩は意気揚々と言って、そのウィンドウを閉じる。

「そっかー。あたしたちには権限がないのか。不自由だなぁ。これって自由の権利を妨害してるよね。訴えたら勝てると思う？」

おそろしい飛躍だ。生徒が勝手に書籍を購入できる方が問題だろ。

「勝てるんじゃないですか」

適当に返すと、先輩はにやりと笑みを浮かべた。

「じゃあやってみようかな。賠償金はいくらにしようか」

「さあ」

「五億はほしいよね。青春の邪魔は最も罪深いことだよ」

「いいんじゃないですか」

僕はリュックサックを背負い直した。じゃあ帰るんで、と言いかけて、先輩の手元に視線が吸いこまれる。

紙切れには、購入予約の本、その題名と作家名が記されている。小さくて丸っこくて読みづらい、不器用な字。見たことがある。毎週二回は見ている字だ。

なんで。

なんで、小崎がその本を知ってるんだ。

「それ」

指すと、先輩は「これ？」と紙切れを僕に見えるように開いて持った。

「それが購入予約に入ったんですか？」

「うん」

「それ、僕の知り合いが申し込んだんです」

「あ、そうなの？」

僕は先輩の手から紙切れをひったくった。くしゃりと握り潰す。

「すみません。買わなくていいです」

「え、でも」

「購入できませんでした、って図書室の掲示板に貼り紙を出しておいてください。そういう決まりでしたよね。お願いします」

「はあ？」

「もし面倒なら、僕、自分で貼り紙を作ります。テーブル使ってもいいですか」

「いいけど、その本は買わなくていいの？」

「大丈夫です」

先輩は訝《いぶか》しげだったが、「まあいいけど」と言った。

僕は模造紙を取り出した。適当に切って、簡単なお知らせの紙を作る。マーカーペンで本の題名を書き、〃購入できませんでした〃とだけ記した。一応〃峯山高校図書室〃も付け足して、あとは図書室の掲示板に貼っておけば、明日には小崎が来る。きっと気づくだろう。

「なんで？」

先輩が事務イスに腰かけたまま、僕を見上げた。

「直接、言えばいいじゃん。その知り合いに。貼り紙なんて回りくどいでしょ」

僕は黙った。思考を巡らせる。

「意趣返しです」

難しい言葉を使っておけば、これ以上追及されることはないだろう。

先輩は「意趣？」と言ったきり、視線をうろうろさせた。僕の発言を量りかねている。逃げるならいまだ。

「お疲れ様です」

僕は司書室を後にした。

『銀河鉄道の夜』を手に入れるだけだったのに、動悸《どうき》が激しくて仕方がない。

あの本は、あの作家名は、二度と世に出てはいけない。これ以上、読者を増やすわけにもいかない。あれは一生の恥だ。僕の汚点。触れてはならない泥。両手に付けばしばらくは落ちない暗黒のペンキ。

正しくは、僕の父さんの汚点かもしれない。

とにかく僕にとっては最も忌《い》むべきものだ。口に出したくもないし、できれば話題になることも避けたい。

売れなかった駄作なのに。

どうして小崎があの名前を知っているんだ。


木曜日の放課後に対してこんな感情を抱いたのは初めてだった。

早く来い、という焦燥と、来なければいいのに、という拒絶。どちらもプラスの感情ではないあたりが僕らしい。

小崎が司書室に入ってくるなり、僕はパイプ椅子から立ち上がった。

小崎は目を丸め、ドアの取っ手を持ったまま固まった。ヘッドライトに照らされた小鹿のようだった。

お互いが黙る。ドアがそっと閉められる。

「先輩、お疲れ様です」

彼女は首を傾げた。「何かあったんですか？」

僕は息を吸いこむ。

「あのさ、七尾虹《ななおこう》って知ってる？」

小崎の目が一瞬で輝いた。

「知ってます！　七尾虹！　先輩も知ってるんですか？　嬉しいです、なかなか七尾先生の作品を知ってる人に会えないから」

ぴょんぴょん飛び跳ねながら近寄ってきて、彼女は僕の腕をバシバシ叩いた。痛くないが鬱陶《うっとう》しい。

「わたし七尾先生の大・大・大ファンで！」

「二冊しか出してないのに？」

「出した本の数なんて関係ないですよ！　うわあ嬉しいなぁ！　あの、『世界にすこしだけ優しくなろう』どうでした？　読みましたか？」

僕は小崎の手を払った。

「読んでないし読む予定もない。僕はそいつが嫌いだ」

「え？」小崎の動きが止まる。「嫌い？」うまく呑みこめないのか、声音と表情が合っていない。

「七尾虹の作品、この図書室に置いてある？」

「いえ、ないです、けど」

「持ってるの？」

「持って、ない、です」

小崎の口元が引きつった。笑顔を作っているのがわかった。ごまかしの笑み。彼女は嘘や隠し事が下手だ。いつもの脊髄反射はどうしたんだよ。

「小崎が購入予約しようとしたんだよな？」

「はい。え、あ、七尾先生の作品ですか？」

「掲示板、見た？」

「いえ」

「購入できないって」

「できない？」

慌ただしく廊下に出た小崎は、とぼとぼ帰ってきた。

「見ました。貼ってありました」

細い声で言い、彼女は背負いっぱなしだったリュックサックを下ろした。絶望に満ちた顔で「とても残念です。予算が難しかったのかなぁ。どうにかならないかなぁ」と続けた。視線が斜め下に落ちて、上がってきたとき、落胆は諦めに変わっていた。

「もう一度、読みたかったんですけど」

「絶版だからね、あれ」

「はい。知ってます。学校の図書室でも入手するのは無理なんですね」

「らしいよ」

「なら仕方ないですねぇ」

在庫くらい探せば大量にあるだろうし、学校ならいろんな伝手《つて》があるだろう。でも、図書室にあいつの本が置かれるという事実。誰かがそれを読むかもしれないという事実に、僕が耐えられない。考えただけで腹が立つ。

父さんは、誰かに愛されていいような人じゃなかった。我儘《わがまま》を言って仕事を辞めて本を書き、持ちこみでどうにか出版にこぎつけ、ろくに稼ぎもしないまま病気で死んだ。僕が小学三年生の頃だ。

僕は、穀潰《ごく》し、という言葉を最近学んだ。意味を知った瞬間、小さな仏壇《ぶつだん》に飾られた父さんの顔に直結した。へらへら笑いやがって。優しい父さんだったからなんだというんだ。あいつは僕と母さんの負担にしかならなかった。迷惑ばかりかけて死んだ。露も売れなかった駄作を、いまになって読まれる資格はない。

カタカタとキーボードを打つ音がしている。パソコンに向かい、小崎が図書委員の事務処理をしている。

彼女はどこで七尾虹を知ったんだろう。本を持っていないということは、市立図書館で借りたのだろうか。

やめてほしい。すべて燃やし尽くしてほしい。灰にして粉々に砕いてナノレベルまで分解するか、土に混ぜて肥料にでもすればいい。それくらいなら何かの役に立つ。

わたし七尾先生の大・大・大ファンで！

甲高い声をさらに裏返して、両手を強く握りしめながら彼女は言っていた。憂鬱《ゆううつ》だ。

「そういえば、小崎って茶道部なんだね」

話題を適当に選んだら、昨日の遠藤が出てきた。連鎖的に下田のことも思い出す。

小崎はパソコンの画面を見ながら、「そうですよ、言ってませんでしたっけ？」

「友達から聞いた。図書委員の仕事やってていいの？」

「活動日が金曜だけなんです」

僕は、返却された本にしおりや紙が挟まっていないかチェックしながら、「じゃあ楽だね」と返す。

「楽しいですよ。金曜日だけのお茶会っていうのも粋ですし、なんだか森見登美彦《もりみとみひこ》の小説みたいで」

それはわからないけど。「茶道部って、お茶を飲むの？」

「はい、お抹茶を点《た》てます。わたしはまだまだ未熟ですけど、三年生の先輩はとっても上手です」

「茶道に上手いとかあるんだ」

「書道に上手いや下手があるのと同じですよ」

書道というか、習字しかしたことのない僕にはいまいちわからない。筆を持ったのも中学校が最後だ。

「それから、茶道の先生が月一で来られます。先生が振舞ってくださるお茶は最高です。和菓子もおいしいです」

「飲んで食べてるだけだね」

「花より団子でもいいじゃないですか」

今日の今日まで、彼女との間には特に話題らしい話題もなかった。部活の話をしなかったのは僕が帰宅部だから、というのもあるけれど、もうひとつ、彼女とは距離をとっておきたかったのだ。彼女に限らず、他人との下手な交流は好きじゃない。

「とにかく、みんなでお抹茶をいただきながらお話しするのが楽しいんです」

「仲が良いんだね」

「はい。あ、でも、部活になかなか来ない人もいますよ。まだちゃんとお話しできてないんですよねぇ」

下田のことだろうか。

「その人、サッカーの人？」

「みたいです。忙しいんですね、サッカーの練習って。先輩のお知り合いですか？」

「いや、知り合いの親友みたいな」

「じゃあお友達ですね」

僕は作業の手を止めた。

頼むぜ、親友！　とウインクを決める遠藤が出てきた。

「そいつ、小崎のことが好きらしいよ」

キーボードを打つ音が止まった。

しばらく沈黙が下りて、やがて、

「そうですか」

小さな応えがあった。

小崎は頰を搔いて、パソコンの画面を見つめたまま頭を揺らした。

「困っちゃいますねぇ。わたし、あんまり恋愛には興味がないので……そうですか、そっか、うん。……そうですか」

話したこともない下田の顔が思い出された。坊主頭の日に焼けた、精悍《せいかん》な顔立ち。微妙な空気になってしまった。言うべきじゃなかったかな、と思うが、後の祭りだ。僕は立ち上がり、返却処理の済んだ図書を両手に持つ。

「棚に返してくる」

司書室を出た。

図書室に並んだ机は、ほとんどが埋まっていた。変わらない光景に安堵する。自習机の一番奥には、関岡の姿もあった。じっと手元の参考書を見つめ、真剣な顔つきには気迫がある。やっぱり勤勉なやつだ。

また下田の顔が浮かんでくる。今度は太い眉を吊り上げていたが、頭の隅へ追いやった。恨むなら遠藤を恨め。僕を利用しようとした、おまえの親友が悪い。

テスト勉強で適当に時間を潰した僕と小崎は、その日も屋上に寄った。クラゲを呼ぶ声を聞きながら、僕は『銀河鉄道の夜』を開く。

3

中間テストが終わり、六月になった。

世間は梅雨《つゆ》入りをした。峯山市にも雨が降り続いている。雨ところにより雷雨、というのが今朝の天気予報だった。屋上には出られそうにない。小崎は司書室で窓の外を見遣り、「クラゲ降らないなぁ」とつぶやいた。

「呼んでないのに降らないだろ」僕は事務処理をしながら突っこむ。「別に屋上に限定しなくても、好きなところで呼べば？」

「呼んでますよ。聞いてください、新しい呼び方を考案したんです」

小崎はぐるっと振り向いた。ぎゅっと口を結び、眉間にしわを寄せて気合を入れているつもりなのだろうが、もとより小さな身長と小学生並みの童顔なので、リスが頬にどんぐりを詰めすぎたような顔つきになっていた。

「ここ数日は心のなかで呼び続けています」

テレパシーじみている。そっちに路線変更したのか。

「うまくいきそう？」

「まだ始めたばかりなのでわかりません。でも、大声で呼び続けていると、どんどん降りづらくなるような気がしたんです」

大声で集客している商店街の八百屋より、落ち着いた雰囲気の雑貨屋が良い、ということか。わからなくはない。話しかけてくる美容師や後を付いてくる服屋の店員は嫌いだ。

「強引なのはよくないかもしれないな」

「穏やかに静かに信号を送るみたいに呼んでいたら、降って来そうですよね」

「信号って」雲行きが怪しい。

「モールス信号、いや、クラゲにはクラゲの信号があるかもしれません」

「ないよ」

まるでＵＦＯを呼ぶ人だ。夢見がちな子だとは思っていたけど、いよいよだろうか。

僕は司書室の端にある長テーブルに移動した。

テーブルに広げられているのは、〝夏の読書週間〟と下書きされた巨大な模造紙だ。

ため息が出た。中間テストが無事に終わり、期末テストが見えてきたこの時期に、どうしてこんなものを作らなければならないのか。

原因は先週の放課後、委員会活動にさかのぼる。

「図書の貸し出し数を増やしませんか」

月に一回設けられる放課後の会議で、僕の同級生が手を挙げた。

普段なら貸し出し冊数を報告して、簡単な注意事項、連絡事項で終わるだけの会議だ。しかし、この日に限ってそうはならなかった。

「このままだと、みんなの読書離れが進むと思うんです」

男子生徒は続ける。

「読書は入試に向けて大切ですし、全国の高校を調べたら、図書室で工夫してるところも多くて」

なぜそんなことを調べたのか、調べようと思ったのか、僕には理解できない思考回路だ。

「どうにかして峯高でも読書を推奨したいです」

「どうにかして、って、どうするの？」

司書の先生が尋ねる。丸眼鏡をかけた、全体的に丸い体形の先生だ。芝田《しばた》先生という。いつも穏やかで、声を荒らげたところを見たことがない。司書と家庭科部の顧問を兼任していて、図書当番と入れ替わるように司書室に戻ってくる。のんびりと話す人だが、質問内容は的を射ていた。

発言した男子生徒が、「えっと、たとえば、ＰＯＰを作るのはどうですか？」

「ＰＯＰ？」

「図書委員がそれぞれお勧めの本を用意して、ＰＯＰを作って、生徒玄関に飾るんです。見た人が興味を持ってくれるかも」

面倒なことを提案し始めた。

僕は身を引きたい気持ちでいっぱいだったが、ここで「やめましょう」なんて反対するほど馬鹿でもないし、世間体は大切だし、度胸もない。

「それから、本を借りた人を表彰するなんてどうですか？　十冊借りたら景品をあげる、とか」

「へえ、おもしろいこと考えるね」

抑揚のある口調で乗っかったのは、いつぞやの黒髪ぱっつんの先輩だ。矢延《やのべ》先輩というらしい。

「確かに、図書委員はさぼりすぎだと思ってたんだよねぇ」

彼女がしみじみと言うと、三年生が「確かに」「楽だもんな」と苦笑した。

「読書週間を作るとか、どうかな」

矢延先輩のアイデアに、発案者は「いいですね」と賛同した。「限定感が出て効果がありそうです」

「そうそう。みんな、限定って言葉に弱いからね。ほら、受験生も、これが最後の真面目な委員会活動ってことで」矢延先輩は他の三年生を向く。「どうよ?」

「はいはい。矢延の意見には賛成賛成」

「おまえ決めたらてこでも動かないし」

「のべちゃんに賛成」

「仕事増やしやがってー」

矢延先輩の意見に三年生が傾く。

「では、読書週間を作りましょう!」

ずっとうずうずしていた小崎が、耐えかねて片手を挙げた。背筋もピンと伸びていた。

「期間は、期末テストが終わったあとでどうですか？　みなさん時間があります！」

小崎が案に賛成したので、残りの一年生は黙ってしまった。二年生も三年生に気を遣って何も言わない。

結果、受験生である三年生はＰＯＰを二枚作るだけだが、一年生はＰＯＰとミニポスターをひとり一組ずつ、僕ら二年生はＰＯＰと幟《のぼり》を作る羽目になった。

なぜ自らを忙しくするのか、僕にはその気概が納得いかない。こんなことで本当に貸し出し数が伸びるのだろうか。でも、文句を言って手伝わないと後で面倒だから、今日、こうやって黒のマーカーペンのキャップを外している。

レタリングと下書きは別の図書委員がやってくれた。あとは縁取りをして、塗り潰すだけだ。簡単な作業だが、模造紙を切り貼りして作った幟が無駄に大きいので、いかんせん塗る量も多い。

ＰＯＰを作る余裕が、あるだろうか。

下準備の締め切りは期末テスト明けの月曜日だ。余裕はあるけれど、僕にはプレゼンしたい本がない。ＰＯＰを作るには題材探しから。重労働だ。給料をもらってもいいくらいだ。バイトなんてしたことないけど。

「先輩は、何の本を紹介するんですか？」

小崎がポスターを描きながら言った。幼稚園児でももう少し上手いだろうが、彼女は我が道を進んでいる。

「まだ決まってない。小崎は？」

「わたしは、本当は『世界にすこしだけ優しくなろう』を紹介したいんですけど、」

ぞわりと鳥肌が立った。それだけはやめろ、と言いかけて、小崎が「でも図書室に入ってないので」と続けた。僕は言葉を飲みこむ。

ＰＯＰの題材は本なら何でも良し、ただし図書室で借りることができるもの。委員会で追加された条件に助けられた。

小崎は「悔しいですよね」と続ける。

「『てんとう虫の願い』も無理です。本気で紹介したい本なのに」

『てんとう虫の願い』は、七尾虹の売れなかったデビュー作だ。紹介だなんて、聞いただけで悪寒がする。

「図書室になくて良かったよ」

「わたしのベスト・オブ・ベストなんですけどねぇ。先輩は、七尾先生のこと、嫌いですもんね」

小崎の申し訳なさそうな声に、僕は「別に」と返した。どうして小崎が罪悪感をにじませているのだろう。いまの会話で悪いのは七尾虹だ。

「良い本なんて他にたくさんあるだろ」

「ありますよ。すてきな本はこの世にたくさんあります」

なら、七尾虹にこだわらなくてもいいだろうに。

「先輩は『こころ』にしないんですか？」

僕は極太のマーカーペンで枠内を塗りながら、「なんで？」と尋ねる。

「いま読んでるじゃないですか。好きなのかなぁって」

夏目《なつめ》漱石《そうせき》の『こころ』。言わずと知れた名作だ。開かずの本棚に並ぶ本を追っていくうちに、三段目の右端までやってきた。そこは夏目漱石のコーナーだった。だから僕も『こころ』を図書室で借りた。

「前は『坊っちゃん』でしたね。夏目漱石、好きなんですか？」

「まさか。授業で『こころ』を習うから、ついでに何作か読んでおこうと思っただけ」

「いいですよね、夏目漱石」

「あまり」

文豪の文章は難しくてよくわからない。面白味も感じられなかった。

沈黙があって、ペンと紙の擦れる音が不規則なリズムで続き、小崎が立ち上がった。

「決めた！」

「何を？」

「ＰＯＰです。いしいしんじの『プラネタリウムのふたご』にします。これならハードカバーが入ってましたよね」

知らない作家が出てきたので、僕は「たぶんね」と返した。

「ＰＯＰとポスターができたら、クラゲを呼ぶ新しい方法を考えます。越前先輩も一緒に考えてください」

「なんで僕も？」

「ずっと一緒にクラゲを呼んでくれてるじゃないですか」

「呼んでないよ。誤解するな」

「じゃあいつも何してるんですか？」

「眺めてる」

僕は、小崎みたいにおかしな発想をしたりしない。クラゲは水中を浮遊する生物で空から降るものじゃない。交信術は当てにならない。雨乞いもただの儀式だ。

僕はまともだ。

「でも、わたしのクラゲ乞いに付き合ってくれてますよね？」

「暇潰しだよ」

家に帰ってスマホを触ってもいいけど、そうなると本を読まなくなる。学校ならスマホ禁止令が出ているから、することもなくて、本を読める。

「だとしても、いつもありがとうございます」

長い髪にうずまった小さな顔に、屈託《くったく》のない笑みが浮かんでいる。疑うことを知らないそれだ。

「先輩が応援してくれるから、諦めないで頑張れます」

やっぱり馬鹿なんじゃないか。いつ僕が応援したっていうんだ。

「好きに頑張れば」

僕はマーカーペンを幟に付けてぐっと引いた。下書きからちょっとだけはみ出てしまった。数歩下がって全体を見る。

夏の読書週間
違和感はない。近寄ってまじまじと見る人もいないだろう。

4

その週の木曜日の放課後。梅雨らしい天気を恨みつつ、僕は司書室で幟のレタリングを塗っていた。

小崎もポスターを描いている。出来は酷《ひど》いままだ。

「失礼しまーす」

廊下につながっているドアが開いた。矢延先輩だった。

「なんだ後輩だけか。お疲れ」先輩は後ろ手にドアを閉める。「POP作りに来ちゃった」

「お疲れ様です」僕は軽く会釈《えしやく》した。

「先輩！　お疲れ様です！」黙々と作業をしていた小崎が、メントスコーラのように両手を突き上げる。「聞いてください！　クラゲを呼ぶ新しい方法を発案しました！」

僕はぎょっとした。こいつ、矢延先輩にもクラゲ乞いの話をしてるのか。

矢延先輩は「お！　やってるねぇ」と屋台に入るサラリーマンみたいな口調で称《たた》え、スクールバッグを下ろした。ドスンと音がする。やけに鈍い音だ。受験生のかばんは重くなるものらしい。

「で、どうよ。降りそう？」

「まだまだです。精進します」小崎が敬礼をする。

「その調子だ。頑張れ優子ちゃん。ところで、職員室で小酒井《こさかい》先生が優子ちゃんを探してたけど？」

「え？」

小崎は眉をひそめて視線を泳がせた。

小酒井は数学の先生だ。ひょろりと縦に長い痩躯《そうく》で、妖怪のような外見をしている。先生のくせに僕らと距離をとっているから、生徒を呼び出して説教、なんて面倒なことはしないはずだけど。

「あ！　ノート！　提出！」

小崎はパイプ椅子を蹴って立ち上がった。リュックサックからノートを取り出して、「いってきます！」と脱兎《だつと》のごとく飛び出していく。

個別に呼び出されるくらい数学がやばいのか、単に忘れていただけなのか。

「よかったよかった」

矢延先輩はパソコン前の事務イスに腰かけた。

「小酒井先生の呼び出しかぁ。越前くんは、小酒井先生のこと知ってる？」

「評判くらいは」

授業がものすごくわかりにくい、と風の噂で聞いた。しかも宿題のプリントが最難関レベルなので、小酒井に当たったと言えば、十人中十人が顔をしかめて「頑張れよ」と励《はげ》ましてくるらしい。

「良い話は聞きませんけど」

「そっかー。あたしは好きな先生なんだけどね」

十人中十人ではなかったようだ。

「三年生には評判がいいんですか？」

「いや？　あたし以外はみーんな苦手って言ってる」

だろうな。

「いい先生なんだけどなぁ」

「そうですか」

「にしても、降ってるね」

この人、マイペースだ。

窓の外では確かに雨脚が強まっている。今日はバスを乗り継いで来てよかった。

「これがさっさとクラゲになれば、優子ちゃんの努力も報われるのに」

当たり前のことのように言われ、僕は先輩を見遣った。

真っ黒な髪はさらさらで、細身で、目にはいつも意志を宿している。この人が真面目に勉強しているところを見たことはないけれど、一見とても賢そうだ。たぶん成績も良いんだろう。

そんな人でも、サンタクロースを信じるのだろうか。魔法や幽霊を疑わないのだろうか。

クラゲが降ってくることすら。

「変なやつですよね、小崎」僕はレタリングを塗り潰しにかかる。「クラゲを呼ぶとか言って、屋上で両手を振って、降れ！　って叫んでるんですよ。やばいですよね」

「ふうん？　甲斐甲斐しい努力だねぇ」

「ただの不思議ちゃんですよ。クラスで浮いてるんじゃないかな」

「きみさ、何かに反撃したいと思ったことはないの？」

「反撃？」僕は顔を上げた。

矢延先輩は僕を見ていた。含みのある表情だった。

何の話だ。

「授業中、突然、外で爆音が響くのね」

「え？」

そんなことがあっただろうか。

記憶をたどっていると、先輩が「ああ違う違う」と片手を振った。

「想像の話」

なんだよ。僕は作業に戻る。

「で、爆音が響いて窓からグラウンドを見ると、よくわかんない集団がいるの。全員大人。みんなスーツを着ていて、片手にマシンガンとかバズーカとか持ってる。で、校舎に向かってそれを放つ」

「はあ」

キュ、キュ、と模造紙とペン先が擦れる。窓の外では雨が降り続いている。

「学校は大パニック。校長先生が校内放送をかけて生徒を誘導しようとするけど、阿《あ》鼻叫喚《びきようかん》で届かない。隣の席の子は泣き出すし、普段大口叩いてるやつほど逃げ惑って当てにならないし、グラウンドの集団は近づいてくる。よく見ると、そのなかには先生も混ざってるの」

とんだ犯罪集団じゃないか。大迷惑だな。

「もはやテロですね」

「おそろしいよね」

先輩の口調は軽快だ。

「で、それを見たあたしは思うわけよ。これは大人の反乱だ、って」

大人の反乱。僕は声に出さず反芻《はんすう》する。先輩の独壇場は続く。

「我慢の限界、ストレスマッハの毎日の結果。罪のない純情無垢な生徒をターゲットに、大人が反乱を起こす」

そんなことが起こったら大問題だけどな。

「あたしたちは何も悪くないのに、子どもってだけで、守られる立場の人間ってだけで、弱いってだけで、ターゲットにされる」

先輩は止まらない。演劇のように立ち上がり、大げさなフリをして窓辺へ寄る。

「なんて理不尽だ。こんなのおかしい。あまりに大人の勝手すぎる。だからあたしたちも反撃する。大人に、世間に、世界に」

力強く片手を突き上げた。

「〝ここに正義あり！　我々に正義あり！　これは反撃だ！　さあ立ち上がれ！〟」

まるで歌うようだ。

「あたしがそう言うと、いつもはてんでバラバラなクラスが団結する。みんなが片手に何かを持つ」

「反撃を開始するんですね」僕は縁取りをしながら応えた。「大人に対抗する」

「そう。でもみんなの武器は、大人が持っているような武器じゃない。教科書だったり参考書だったり、サッカーボールだったりバスケットボールだったり、本だったり、ペンだったりするわけ」

「なんで？」

作業の手を止めて、質問してしまった。

「どうしてですか？　相手は銃器を持ってるんですよね？」

不公平じゃないか。

「わかってないね」先輩は肩をすくめた。「力がないからだよ。あたしたちはただの子ども。大人が当然のように持ってるものは、あたしたちの手元にない。ましてや敵はそこに来てる。入念な準備なんてできない。手持ちがすべて」

両手を広げ、先輩はパンと手を叩いた。

「こんなテロの想像、したことない？」

「……ないです、けど」

「あ、そう。なんだ、味気のない高校生活を送ってるなぁ」

「味気ないですかね」

脳内だけ賑やかでも、虚しさが増すだけじゃないか。

「それって、想像っていうか妄想ですよ」

「だからいいんじゃん」

「妄想は変態のすることです」

「偏見だね。きみ、子どもの頃に車窓から忍者を走らせなかったの？」

「はあ？」ペン先がどこにも付かないように持ち替えて、僕は先輩を見た。「ニンジャ？」

「走らせなかったんだ」

「走らせるって？」

「布団の反対側が別世界につながってる可能性は？」

「布団？」

「自分が眠ってる間に街が海に沈んでるかもしれない、って思う？」

「馬鹿にしてます？」

「そっか。いやいや、いいんだ」

先輩は自己完結してしまった。なんだっていうんだ。もやもやしたままペンを持ち直す。

忍者が走り、布団の反対側が別世界につながり、眠っている間に街が海に沈む。どれも仮想の話だ。起こる可能性ゼロだ。ありもしない幻影を想像したところで、何の足しにもならない。先輩は小崎の夢を応援しているのだから、変人に違いない。相手にするだけ無駄だろう。僕の周りにはまともなやつが全然いない。

「理不尽なんだよ」

にわかに先輩が言った。

凛《りん》とした声だった。何かに刺さるような。

僕は手を止めていた。先輩を見ていた。

理不尽なんだよ。

いままでのふわふわした、風船みたいな空気が割れて、ヘリウムガスがあたり一面に立ちこめてしまったようだった。ちょっとだけおかしな空間に僕はいた。声がオクターブ高くなったような、気づけない程度のずれが残るような。

理不尽なんだよ。

先輩は前を向いていた。僕には横顔が見える。

外で雷が光る。先輩の輪郭が一瞬だけ浮かび上がった。わずかに遅れて雷鳴が轟《とどろ》く。

「理不尽に対抗する手段さえ、理不尽なんだ」

強くて芯の通った声だ。なぜそんな言い方をするのか、僕にはわからない。

「だからあの子はクラゲを呼んでいるんだよ」

小崎のことだ。

どういうことですか、と尋ねようとして、電気が消えた。

「あれ？」

先輩の呆けた声が上がる。彼女は図書室に続くドアを開けた。僕も後ろから覗く。図書室内は真っ暗だった。立ち上がった人影が見える。全体的にがやがやとしていた。

「あー、停電だな、これは」

先輩が頭を掻いた。

「どこかに雷が落ちたのかもね」

予備電源に切り替わるまでの二分間。薄暗い世界は続いた。

小崎が司書室に帰ってきたのは、電気が復旧してすぐだった。

「大丈夫でしたか！」

茶色の長い髪を振り乱している。そこまで慌てる理由は不明だが、僕は「何ともなかったよ」と返した。

「すごい雷でしたね」

「近かったの？」

「ちょっと離れてましたけど、稲妻《いなずま》がバチバチってなってました」

小崎は片手にノートを持っていた。矢延先輩が「どしたの、それ」と事務イスに座ったまま尋ねる。「提出してきたんじゃないの？」

「あ、再提出をくらいました。導出過程の最初から間違えてて。みんな授業中に解けたところなのに」

「数学、苦手なんだ」

「はい……」

小崎は泣きそうな顔で「高校の数学は難しいです。ジーザスです」とパンダ柄のリュックサックにノートを突っこむ。

「こんなに難しいなんて思いもしませんでした。完全にわたしの負けです。数学に優しくできません」

「高校数学が難しいんじゃなくて、小酒井が外れなんだよ」

僕は〝夏の読書週間〟の〝の〟のカーブを塗りながら言った。

「あの先生、生徒に優しくないから」

「あたしは好きだけどね、小酒井先生」

この話さっきもしたな。

「矢延先輩は、ＰＯＰ作らなくていいんですか」

むりやり話題を変えると、矢延先輩は「いっけね」とスクールバッグを開けて文庫本を取り出した。

「これって図書室にあったよね？」

伊《い》坂《さか》幸太《こうた》郎《ろう》の『オーデュボンの祈り』だ。表紙を見たことがある。

「ありますね。ハードだったと思いますけど」

「じゃあこれにしようかな。でも他に勧めたいのもあるんだよね。んー、どうしよう」

「先輩、伊坂幸太郎も好きなんですか？」小崎が目を輝かせた。

「好きだよ。優子ちゃんも読むの？」

「わたしは小川洋子《おがわようこ》とか恩田陸《おんだりく》が好きなんですけど、伊坂幸太郎の『重力ピエロ』が好きで」

「あー、なら『チルドレン』も好きかも。『ガソリン生活』とか」

始まった。読書家トークだ。知らない作家の名前が飛び交う。僕は蚊帳《かや》の外だ。

「辻村深月《つじむらみづき》は読む？」

「読みます。『凍りのくじら』と『スロウハイツの神様』が大好きです。乃南《のなみ》アサの新刊は読みましたか？」

「まだ。読みたいなーって思ったまま積読《つんどく》。『しゃぼん玉』よかったよね」

「最近読んだので言えば『羊と鋼の森』も好きです」

「うんうん、なんとなく傾向が見えてきた。吉本《よしもと》ばなな好きでしょ」

「好きです。森見登美彦も読みました」

「『熱帯』？」

「いえ、それはまだです。『四畳半神話大系』」

矢延先輩が事務イスの肘置きを叩いた。「それ、」と小崎を指す。

「それね、あたし大好き。死ぬとき枕元に置く本はそれって決めてる。阿呆《あほう》になるよねー」

「なりますよねー」

　どっちかっていうと馬鹿なんじゃないか。

　〝の〟を塗り終わって、僕は息を吐いた。話題の変える先を間違えた。

　本好きは大人しいと思われがちだが、実際のところは真逆だ。趣味が合った瞬間に爆発する。僕が図書委員になって知ったことだった。

　このふたり、クラゲの話はしたことがあったのに、好きな作家の話はしたことがなかったらしい。優先順位がおかしいと思う。

「宮部《みやべ》みゆきは読む？」

　矢延先輩の質問に、小崎は「あまり」と申し訳なさそうに答えた。

「『ソロモンの偽証』は読みました。『ブレイブ・ストーリー』も小学生のときに。上《うえ》橋《はし》菜《な》穂《ほ》子《こ》の『獣の奏者』と『鹿の王』も読みましたよ」

「あさのあつこは？」

「うーん、読んだことないです。『バッテリー』は知ってますけど」

「湊《みなと》かなえ」

「『告白』は友だちに勧められて読みました。『少女』も。先輩は好きなんですか？」

「『夜行観覧車』とかいいよ。あたしね、先の読めない展開と、静かで複雑な作品が好きなんだよね。硬め、っていうか。塩田武士《しおたたけし》とか池井戸潤《いけいどじゅん》とか江戸川乱歩《えどがわらんぽ》も読むし、開高健《かいこうけん》も読むよ」

「幸田文《こうだあや》は読みますか？」

「いや、その作家は知らないなぁ」

読書家にも知らない作家っているんだ。

「司馬遼太郎《しばりょうたろう》は？」

「あー、いつかは読みたいけど、樋口一葉《ひぐちいちよう》と一緒に積読中。小野不由美《おのふゆみ》はどう？」

「『屍鬼《しき》』のイメージが強いです。わたし、ホラーはあんまり……あ、ミステリーもそこまで読んでないです」

「そっかー、有栖川有栖《ありすがわありす》は？」

「名前だけなら」

「綾辻行人《あやつじゆきと》」

「ううん……東野圭吾《ひがしのけいご》と東川篤哉《ひがしがわとくや》は知ってますけど、好んで読まないです」

「赤川次郎《あかがわじろう》も？」

「残念ながら」

「ってなると、麻耶雄嵩《まやゆたか》は知らないか」

「まや……？」

小崎は首を傾げた。

「探偵とかは好きじゃない？」

「どっちかというと村上春樹《むらかみはるき》です」

「村上春樹もいいよね。『海辺のカフカ』とか『スプートニクの恋人』とか。龍《りゅう》は読む？　村上龍」

「『限りなく透明に近いブルー』ですか？」

「それもいいけど、『五分後の世界』とか」

先輩の口からすらすらと作品名が出てくる。まるで昨日読んだような口ぶりだ。受験生って暇なんだろうか。

「いちばんのお勧めは麻耶雄嵩かな。よかったら読んでみてよ。たぶん図書室にも一冊はあるでしょ」

先輩はパソコンで蔵書検索をかけた。素早いブラインドタッチだ。

「あった！」弾んだ声が、激しい雨音を打ち消すように響く。「『貴族探偵』か。入門としては最適かも」

「どんな本を書かれるんですか？」

「アンチミステリーとか言われてるけど、普通にミステリー作家だよ。初期の方は突拍子もない展開が続いて最高。あ、『神様ゲーム』も相当だったわ。新本格ミステリー世代なんだよね」

マイナーどころの話になると、小崎の口から出てきてほしくない作家名が零《こぼ》されそうだ。

僕は大げさに伸びをしてから、〝夏の読書週間〟の〝読〟に取り掛かる。わざと力強くペンを引いて、きゅきゅきゅきゅ、と音を立てた。

「越前くんは？」

矢延先輩が話を振ってきた。

「本、わりと読んでるよね」

「まあ、授業で習う程度の本は読んでおこうかな、って思ってますけど」

「いまは何を読んでるの？『舞姫』？」

「いえ」

森鷗外《もりおうがい》のコーナーは、開かずの本棚の最上段だ。まだ読んでいない。

自分で注意を引きつけておいて、さっそく面倒になってきた。興味のない分野の白熱トークほど苦痛なものはない。

えっと。

僕がいま読んでいるのは『こころ』だ。

「夏目漱石とか」

先輩は「あ、あたし『こころ』以外は読んだことないわ」と投げた。「優子ちゃんは読んでるよね、たぶん」

「はい！」小崎は深く頷いた。全身から自信と活気があふれている。「『それから』が素晴らしいです。みんなに勧めたい一冊です」

「そうなんだ。夏目漱石はなんとなく避けてきたけど、読んでみようかな。ＰＯＰはそれにするの？」

「いえ。いしいしんじの『プラネタリウムのふたご』です。谷川俊太郎《たにかわしゅんたろう》の詩集と迷ったんですけど」

「いしいしんじ？　あたし知らないなぁ。次に読もうかな」

先輩は色付きの画用紙を棚から引き抜いて、イスに座ったままＰＯＰを作り始める。

「本っていいよね。ずっと手元に置いておきたい。ふっと読み返したくなるから」

「わたし、小学生の頃に大好きだった児童小説、いまでも読み返します」

「わかるよ。しかも自分の好きな本を好きになってくれる人が現れるとさ、嬉しいよね」

「ですね」

「POP作りにも気合が入っちゃうな。ね、越前くん」

「そうですね」

先輩と小崎の会話を流しつつ、〝読〟を塗り終えた。

本をとっておきたい気持ち。図書室で本を借りてばかりの僕にはない感情だ。何十年と経った先に同じ本を読み返すなんてことが、本当にあるのだろうか。おばあちゃんになっても、おじいちゃんになっても？

あるわけがない。少なくとも、僕には、ない。

マーカーペンのキャップを締める。そろそろバスの時間だから、今日はここまでにしておこう。

最悪、テストが明けた月曜日——締め切りの日に完成していればいいのだ。

家に入って、鍵を下駄箱の上に置いた。廊下の電気を点ける。

誰もいないマンションに帰ってきた。

薄暗いダイニングキッチンの窓から外が見えていた。曇天《どんてん》も相まって、夜は一層深くなっている。もうすぐ八時だ。買ってきたコンビニ弁当をテーブルに置いて、冷蔵庫からお茶を取り出した。

母さんは北海道に行った。アイヌを題材に書いている作家の、取材のためだ。明日の夜に帰ってくる。日本全国あらゆるところに作家はいるようで、追いかけるのも一苦労だろう。

先月のミステリー作家の企画はそれなりに反響があったようで、雑誌の売り上げも伸びたらしい。

「固定のファンが買うのよ、ミステリーって」と母さんは得意げだった。かく言う母さんもミステリーファンで、自室には大きな本棚がある。

「母さんでも特集があったら買っちゃうからね。雑誌の作り手は、雑誌の買い手を理解してないと」

ＰＯＰのことを思い出した。

幟に比べてまったく進んでいない。もともと、好きでもない本を紹介するつもりだから、進まなくて当然だ。

作り手は買い手を理解しておかなければならない、と言うのなら、僕のＰＯＰに集客力は皆無だと思われる。そんなものを一生懸命に作ったところで、所詮《しょせん》ただの紙切れだ。スマホで適当にレビューでも検索して、良い感じに切り貼りして書き写せばいいか。

問題は題材だ。

少し悩んだが、すぐに解決した。

簡単なことだ。話題になった小説にすればいい。『君の膵臓《すいぞう》をたべたい』とか、『君の名は。』のノベライズ版とか、ドラマ化、映画化、アニメ化されたものとか。話題作なら図書室にあるはずだ。みんなが知っている作品は書きやすいだろう。ちなみにどれも読んだことはないけれど、中途半端に読むよりはずっといいし、『君の名は。』なら映画を観た。

夕食と風呂を済ませ、ベッドに寝転んでアマゾンレビューを漁《あさ》る。

読まなくても読んだ気になる。人の感想を見れば内容がわかる。分析や考察をしているブログで作者の意図や工夫も知れる。うまく引用して吹き出しにしておけば、POPの出来上がりだ。

本なんて読まなくても生きていける。物語の主人公を体験する必要なんて、これっぽっちもない。時間の無駄だ。

そうだ、読書なんて時間の無駄なんだ。

僕は『こころ』をリュックサックから取り出した。パラパラとめくる。


翌週の木曜日。

僕のPOPを見た小崎は「いいですね、これ」と褒めた。「読みこんだことが伝わります」

彼女のポスターは、小学生の高学年レベルになっていた。

5

期末テストが終わった。悲惨な返却結果を悲惨とも思わなくなった僕に対して、小崎は頭を抱えていた。

月曜日の司書室。今日から授業は午前中のみだ。

夏季大会に向けて、校舎のあらゆる場所から運動部のかけ声が上がっている。

梅雨は明け、気温は上がり、重かった曇天はどこまでも青く澄んだ夏空に変わっていた。空気は軽くなったけれど、セミの合唱とにじむ汗はいつまで経っても鬱陶しい。

〝夏の読書週間〟は、残すところ〝間〟の〝日〟のみとなった。レタリングと幟作りを他の図書委員がやった以上は、僕もこれを完成させる義務がある。やりきってしまおう。

「数学、ジーザス」

小崎は長テーブルに突っ伏して、溶けかけのアイスのようになっていた。

「クラゲも降らなかった。ジーザス」

「もともと降るものじゃないから」

〝日〟を塗り終えて、マーカーペンのキャップを締める。完成だ。あとは、図書委員の事務仕事。

返却本はゼロ冊だった。テスト期間に本を借りて読む人はいない。僕は自分の『こころ』の返却手続きを済ませ、司書室から図書室へ入る。

自習机にはちらほら空席があったが、シャーペンの音は絶え間ない。受験勉強をしている三年生に混ざって、関岡の姿も見えた。いつもの定位置だ。セミロングの黒髪をひとつに束ねて一心不乱に参考書を読みこんでいる。テスト明けくらい、さぼってもいいだろうに。

『こころ』を返して、『吾輩《わがはい》は猫である』を手に取った。

司書室に戻ると、小崎は若干、復活していた。突っ伏したまま顔を横に向け、片手でポスターの色塗りをしている。先日、中学生の方が上手いと僕が告げたら、彼女は「色塗りを頑張るんです」と言った。頑張ってどうにかなるのだろうか。

僕はリュックサックを背負った。

「え、帰るんですか？」小崎から声が上がる。

「帰るよ」

「けどまだ三十分も経ってないです。職務怠慢です」

「幟は完成させたし、返却手続きも済んだ。仕事は終了」

「えー」

それに、弁当を持ってきている小崎と違って、僕のリュックサックには教科書とノートと筆箱しか入っていない。

「じゃあ、今日は屋上に行かないんですか？」

「僕が絶対に行く、みたいな言い方やめてよ」

授業は午前中まで。財布がないので購買と食堂は無理。さっさと家に帰って母さんの作り置きを食べよう。

司書室を後にする。

階段を下りていると、踊り場の窓から生徒玄関が見えた。夏服の集団に混ざって、遠藤らしき人がひとりで校門を出ていく。

そういえば最近、下田と遠藤が一緒にいるところを見ていない。帰るときは仲良く連れ立って練習場に向かっていたはずなのに。

「……下田か」

小崎の困り顔が浮かんだ。


家に帰りエアコンを点けた。冷蔵庫から作り置きを取りだしてさくっと食べ、冷房の設定温度を下げてフローリングに寝転ぶ。まだ背中がべたついていた。

暑い。夏だ。完全に夏。何をしていなくても汗が粒になって垂れてくる。熱気が体内にこもって、喉が渇いて、やる気が起きない。

仰向けのままダイニングキッチンの隅を見た。

開かずの本棚は、布を被ったままそこにある。

高校生になってゆっくり読み進めている本棚だけど、僕が追いかけているのは小説の題名だけで、この本棚に収まっている本を取り出して読むことはない。今後も開くことは決してない。本棚、というより、参考棚と表現すればいいのだろうか。次に何を読むべきか教えてくれる指針。ここに並んでいるのは、すべて、父さんが遺していった本だ。

父さんが買って、読んで、好きになって、置いていた本。それがいまも並んでいる。

迷惑なことだ。

セミの声が窓ガラス越しに聞こえる。うるさい。子どものはしゃぐ声も。このマンションには子連れ世帯が多い。少子化はどうなった。

どうでもいいか。

風鈴の音が記憶の片隅で鳴った。

チリン、と軽く高く。

いつかの日を思い出す。

「亨」

父さんは、短い黒髪に気の弱そうな顔つきだった。下がり眉と困ったように笑う癖のせいだ。遺影はずっと笑顔だけど、弾けた笑みを浮かべることは少なかった。

「お父さんは本を書いてるんだよ」

あれは確か、僕が小学一年生とか二年生とかで、家族に職業インタビューをしてきなさい、という趣旨の宿題が課された。夏休みの宿題だ。僕はプリント片手に、夕食後の両親に突撃取材をした。気分は記者のそれだった。

「母さんは出版社で働いてるのよ」

「どんなおしごと？」

「作家の先生と一緒に本を作るお仕事」

母さんは、いまは一般雑誌の編集部で働いているけれど、以前は文芸誌に関わっていた。異動したのは父さんが死んでからだ。

そういえば、父さんの死後、母さんがリビングで泣いているのを見たことがある。たまたまトイレに起きた僕は、いつもの母さんは死を乗り越えたように振舞っていただけで、本当はとても苦しんでいたのだと知った。唐突にどうしようもない怒りがわいて、ベッドに戻ってから枕を叩いて泣いたのだっけ。

しゅっぱんしゃ、ほんをつくる、とミミズが這ったような字で書き、僕は父さんを見上げた。

「おとうさんは？」

「お父さんは作家なんだ」照れた口調だった。

「さっか？」

「そうだ。お父さんは本を書いてるんだよ」

当時の僕は、作家の概念をよくわかっていなかった。曲は知っていても歌手は知らない、ドラマは知っていても俳優は知らないように、本は知っていても作家は知らなかった。

それでも、岡田淳《おかだじゅん》の作品を好んで読んでいた記憶がある。

岡田淳。『ムンジャクンジュは毛虫じゃない』や『竜退治の騎士になる方法』、『こそあどの森シリーズ』などを書いた児童小説作家だ。小学校低学年には難しい言葉も多かったが、どうしてか、僕は本を読むことに苦労も退屈も感じなかった。あんなに無駄なことでも進んでやっていた。

あの頃の僕は本が好きだった。

「じゃあ、おとうさんは、すごいね」

僕の言葉に父さんは目を丸め、次第にとろけるような笑みになっていった。その変化だけはいまでも鮮明に思い出せる。まるで映画のワンシーンのように、停止して巻き戻して、何度だって繰り返すこともできる。

僕の記憶のなかの父さんは、この父さんともうひとり。痩せこけた姿でベッドに臥《ふ》せて、生気の薄れた目つきで、僕に呪いの言葉を吐く姿。

『迷惑かけてごめんな、亨』

僕はあの日からずっと、迷惑の意味に囚《とら》われている。


チリン、と遠くで音がした。

いつの間にか眠っていたらしい。目を開けると、夕方になっていた。

部屋は肌寒い。冷房の設定は十八度。外が暑かったからといって、下げすぎた。勢いに任せるとこうなる。

僕は鳥肌のたった腕をさすり、洟《はな》をすすった。晩ごはんを買いに行かないと。財布を片手に近所のコンビニへ向かう。冷風に当たっていたせいか、喉が痛い。

家に帰って手洗いうがいをしたが、手遅れだった。

翌朝、僕は見事に風邪《かぜ》を引いていた。

6

木曜日の司書室。

運動部の掛け声をBGMに、僕たちは長テーブルを囲んでいた。

時間は十三時。昼食を済ませたあとだ。例によって〝夏の読書週間〟の幟はできているし、全員分のPOPもずらりと並んでいる。

「すごいですね。壮観です」

小崎がテーブルに両手をつき、感情のこもった口調で褒め称えた。

その隣で矢延先輩が、「この本、まだ読んでないんだよね。『イニシエーション・ラブ』」と誰かの作ったPOPを指す。あらすじ、注目ポイント、台詞の引用が詰めこまれている、レイアウトに凝ったPOPだ。あなたは絶対に騙される！　と書いてある。たぶん騙されないんだろうな、と思ってしまう。明らかな誇張だ。

「これもおもしろそうですね、『猫弁』。読んだことないなぁ」小崎もスイーツを前にした甘党のように楽しそうだ。「あ、山田《やまだ》悠介《ゆうすけ》。『名のないシシャ』かぁ。『キリン』は読んだことあるんだけど。……知らない本ってたくさんあるんですね」

『ギフト』、シンプルな題名。こっちの『僕は長い昼と長い夜を過ごす』は長い題名だね。どんな話だろう」

どのPOPもカラフルでユニークで、手を抜いた人のものはかえって目立っていた。僕のものは良い具合に溶けこんでいる。一応それなりのものは作ったつもりだ。悪目立ちは避けたいところ。

「あ、これもいいね。センスがいい」

長テーブルを挟んで向かいに立っている先輩が、僕の近くのPOPを手に取った。

「『夜の終る時』。古い本を選んでくるね。越前くんはどう？　おもしろそうなのあった？」

「ないですけど、矢延先輩、今日は図書当番じゃないですよね？」

「だってきみが悪いんだよ」先輩はなぜか胸を張る。

「僕が？」

「風邪を引いたから来れないかも、って聞いたからね。後輩を助けるのが先輩の役目じゃん」

「誰が言ったんですか、僕が風邪を引いたって」

「優子ちゃんが」先輩が小崎を示すのと、小崎が片手を挙げたのは同時だった。「芝田先生から聞きました」

　小崎はじっと僕の顔色をうかがった。慣用句じゃない。本当に顔色をうかがっている。

「もう大丈夫なんですか？」

「さすがに治ったよ。インフルエンザでもあるまいし」

　ただの風邪だ。三日も経てば熱も下がる。でも二日間は家で臥せっていたので、病み上がり感の抜けないまま、僕はふたりと顔を合わせる羽目になっているのだけど。

「さて」矢延先輩がパンと手を叩く。「昨日はポスターを貼って回ったから、今日はPOPかな」

「明日が幟ですか」

　いちばん重労働な作業は、金曜日の図書委員がやってくれるらしい。助かる話だ。こっちは病み上がりだからな。

「POPは玄関に貼るんですよね？」

「そうそう。下駄箱とか、生徒玄関とか、各階の掲示板とか。生徒会がチラシを貼ってるようなところにね」

「せっかくだから、目につくところにしましょうね！」

小崎は嬉しそうに、自分が書いたPOPを手に取る。

『プラネタリウムのふたご』いしいしんじ。騙される才覚があなたにはありますか。生きていくうえで、騙されることは大切なことですか。答えはここにあります。

堅苦しい日本語だ。僕なら読もうとは思わない。

手元にある、自分が書いたPOPを持つ。

『君の名は。』ノベライズ版。あの大ヒット作品が小説に。入れ替わってしまったふたりを待ち受ける運命とは……。劇場の感動をもう一度、次は文章で味わってください。

小説を読んでいなくてもここまで書けた。だいたいはネット上の文言をコピペしたものだ。こんなPOPを見ても、読もうとは思わないだろうし、みんなこの作品は知っているだろうから、細かく書く必要もないわけで。

僕も小崎もどっこいどっこい、といったところだろうか。

一方で、矢延先輩のＰＯＰはすごかった。丁寧に描きこまれたイラスト、計算された文字の配置。力作の二枚だ。

『ボーナス・トラック』越谷《こしがや》オサム。こんな幽霊アリ？　たまたま居合わせたひき逃げ事故。主人公の応急処置もむなしく、被害者は死んでしまった。……が、死んだ青年が幽霊になって現れた！　主人公はなりゆきでひき逃げ犯を探すことになるが、結果やいかに！

『青の炎』貴志祐介《きしゆうすけ》。大切な人のために、一線を超える。あなたにはできますか？――殺人をまったく違う視点から描いた、感動の名作。主人公は十七歳。わたしたちと同世代。きっと心打たれる一冊です。

どちらも魅力的に描かれていて、なるほど、確かにこれは読んでみたくなるだろうし、先輩自身がその本を好きなことも伝わる。現に小崎が「『ボーナス・トラック』読んでみたいです」とさっそく言っていた。『青の炎』は読んだことがあるらしい。

素人《しろうと》のＰＯＰで貸し出し冊数が伸びるのか疑問だったけど、小崎のような本好きは釣れるかもしれない。

「じゃ、貼りに行くか！」

意気揚々と司書室を出ていく先輩に、小崎と僕も続く。


全部を貼り終わるのに、一時間かかった。

「おつかれ！」

司書室に戻ってくると、先輩が開口一番に労《ねぎら》った。両手をパンと叩く。一丁締めだ。

「来週の月曜日から楽しみだね」

「ですね。『プラネタリウムのふたご』読んでくれるかなぁ」

「うまくいくといいですね」

僕は投げやりに相槌《あいづち》を打つ。そろそろ残業になってしまう。帰ろうとリュックサックを手に取ったところで、小崎が「待ってください越前先輩」と僕の前に立った。

「今日はわたし、先輩にご報告がありまして」

「何？　手短に頼むよ」

「いえ、長くなるのでどうぞ腰かけてください」

「帰ろうとしてるんだけど、見てわからない？」

「何か用事があるんですか？」

「………………」

今日することは、家に帰って、『吾輩は猫である』を読むくらいだ。母さんが帰ってくるので晩ごはんの心配もない。なんだかんだいって、病み上がりは体力が落ちている。疲れているような感じがする。気怠《けだる》いかもしれない。

「用事ならある」

断言した僕の後ろに、矢延先輩が回りこんできた。

「まあまあまあまあ、越前くん。夏休み前で自由な時間だし、君は帰宅部でしょ」

「なんで知ってるんですか」

矢延先輩は僕の背中を押して、「じゃあ、あたしはここで！　受験勉強があるので！」と潔く司書室を出ていった。逃げたのか、本当に受験勉強があるのか。真偽は不明だ。

取り残されたので、小崎をうかがう。

「越前先輩」

茶色の大きな目がキラキラと僕を見ている。ハムスターがひまわりの種をねだっているようにも見えるし、イヌが一緒に遊んでくれとせがんでいるようでもある。

ため息を吐いてリュックサックを下ろした。

「何の報告？」

「実は、クラゲのことで新しい試みを考えたんです」

小崎はパンダ柄のリュックサックから大きな本を取り出すと、両手で持ち上げて長テーブルに置いた。ドスン、と豪快な音に思わず顔をしかめる。

「何それ」

「『クラゲ図鑑』です！」

厚い表紙をめくると、クラゲの写真と題名が記された中表紙があって、次のページには細かい文字がぎっしり詰まっていた。横書きの二段組。クラゲとは何か、クラゲの進化、クラゲの種類、といった概要説明から始まって、（意味の分からない専門用語）の研究における、とか、（読めない英語）大学の（ここも英語）教授との共同研究で、とか書かれている。子ども用の教育本ではない。大人向けのしっかりとした図鑑だ。

「どうしたの、これ」

「市立図書館で借りてきました。これでクラゲの勉強をしてるんです」

「へえ」

クラゲを呼ぶにはクラゲを知るところから、ということか。いまさらな気もするけど、小崎にしては頭を使っている。

「読んでてわかるの？」

「わかりますよ！」

「へえー」

生物基礎で泣きそうになっていたくせに、興味があると理解できるのか。「実際に動物や植物を観察しないと、生物なんて意味ないですよ！」なんて嘆いていたくせに、クラゲを知るのは図鑑なのか。態度が大違いだ。

「で、ですね、先輩も良かったら一緒に見ませんか？」

「見ませんね。帰ります」

「これを読んで、呼びたいクラゲを決めるんです。ワクワクしませんか？」

「しません。頑張って」

「先輩！」

再びリュックサックを肩に掛けようとしていた僕は、十秒ほど悩んで、結局、図鑑を眺めることにした。矢延先輩が先に帰り、小崎と一対一になった時点で、僕の命運は決まっていたのだ。毒を食らわば皿まで、というやつだ。少し違うか？

「で、どれ？」

向かいに座った小崎に尋ねると、彼女は小首を傾げた。

「どれ、って、何がですか？」

「どのクラゲを呼びたいの？」

「だから、これから決めるんです。でも、クラゲと言えばミズクラゲですよね」

小崎は事前に軽く目を通しているのか、パラパラと該当ページを探す。

「見つけた。これです」

白っぽい小さなクラゲの写真が現れた。

円形の透明な傘と、細くて短い触手。傘の中央には四つの丸い模様が見られる。彼女の言う通り、クラゲと言われて大抵の人が想像するのはこれだろう。僕もテレビで見たことがある。

「これが空から降ってきてほしいんだ？」

「いえ、わたしはこれよりも、……そうですね、こっちのアカクラゲとか、エチゼンクラゲとかどうですか？」

彼女が開いたページに写っていたクラゲは、なかなか毒々しいものだった。

まずは、アカクラゲ。濃い赤の線が、白っぽい傘の中心から傘の骨のように広がっている。触手は、レースがついたようなものと細長いものの二種類がある。どちらも流されて長く伸びている。アカクラゲ、と記載された隣に毒のマークが描かれていた。

それからエチゼンクラゲ。不透明な赤褐色の傘と大量の細長い触手が特徴的だ。こちらもなかなかグロテスクだが、何よりもその大きさに驚かされた。一緒に写真に収まっているダイバーと比べると、エチゼンクラゲの傘は二メートル弱ある。もちろん毒持ちだ。苗字《みようじ》が同じでも親しみはない。

「これ？　これが降ってほしいの？」

写真に触るのもおぞましいので、僕は指先を浮かしてエチゼンクラゲを示した。小崎は満面の笑みで頷く。嘘だろ。

「危ないだろ、これ」

「だからいいんですよ」

「だからいいんですよ？」

「他にも気になってるクラゲがいるんです。これとか」

次のページに写っていたのは、真っ暗な背景に浮かび上がる青白い傘だった。透明な傘は角の落ちた直方体で、長細い触手が縁からいくつか生え、まとまって浮遊している。行灯《あんどん》型の凧《たこ》みたい。写真の撮り方が上手いだけかもしれないが、透明感があって綺麗だ。

「これはいいね」

前のふたつは小崎なりの冗談だったのかもしれない。そう思いながらクラゲの名前を見て、隣に記載されているマークに気づく。名前はオーストラリアウンバチクラゲ。通称キロネックス。猛毒。

「小崎」

「すごいクラゲです。このクラゲは、超猛毒なことで有名なんです」

「ご丁寧に〝注意されたし〟とまで書いてあるけど」

「いいじゃないですか、キロネックス」

「どこが？」

見かけによらず危険思考だな、この子。いつもの小動物感はどこへ行ったのだろう。笑顔で嬉々として言っているあたり、狂気を感じる。子ども特有の残虐性というやつだ。小学生並みの童顔がここにきて本領を発揮している。

「それからこれも綺麗ですよ」

「どれ？」

若干構えながら次のページを見た。

キロネックスと似たクラゲが写っている。まさかこれも、と名前を見ると、イルカンジクラゲ、猛毒だ。

「これはすごいんです。とっても小さなクラゲなんです」

体長は二十ミリ程度と記されている。透明で立方体に近い。こんなに小さなクラゲ、海に潜っていて気づけるわけがない。暗殺にもってこいじゃないか。

「このクラゲに刺されたことで起こる症状を、イルカンジ症候群って呼ぶんです」

病名まで付いている。被害者は多そうだ。

「キロネックスやイルカンジはハコクラゲの仲間で、日本にもいるんですよ」

小崎が近くのページを開いた。

「アンドンクラゲ、といいます」

風鈴のような透明な傘だ。白い筋が中心から縁まで縦に四本入り、白の触手が四本すらっと伸びている。かなりの長さだ。カメラに収まっていない。触手の拡大写真を見て「え」と声が出た。「ビーズがつながってる」

「名前がアンドン、触手は数珠《じゅず》、まさにお盆みたいなクラゲですよね。ちなみに毒があります」

「だろうね」

「クラゲはだいたい有毒ですが、強ければ強いほどいいですね」

「あーそう」

なんとなく読めてきた。どうも小崎は、あらゆる面で強烈な有毒クラゲを呼びたいらしい。そんなのが降ってきたら大事《おおごと》だ。ただの迷惑じゃないか。

「ヒクラゲも毒がありますよ」

ヒクラゲはアンドンクラゲのような透明な傘をもっているが、四本の触手が白ピンクだった。地球外生命体のようだ。

「ハコクラゲの仲間は、透明なのに毒があってすごいです」

眉をひそめた僕に気づかず、小崎は続ける。

「こっちも綺麗ですよ」

不快感を覚えながら、めくられたページに視線を落とした。

「……なんだ、これ」

名前はカツオノエボシ。猛毒マークが付いた妙な形のクラゲだった。ふわふわ浮いている青い傘はまるで餃子《ぎょうざ》のようで、ひだもしっかりある。長い触手は濃い紫色で太くてぐにゃぐにゃ波打ち、ラーメンのちぢれ麺《めん》のようだ。砂浜に打ちあがっている写真も載せられていた。風船のように膨らんでいる様は人工物のようで、子どもが誤って触りそう。

「だから、綺麗でも危ないだろ」

一応、説明欄を読んでおく。

古くから日本の海にいるクラゲらしいが、厳密には一般的なクラゲと違うらしい。一個体に見えているのは、ヒドロ虫が集まったものと記載されている。ヒドロ虫ってなんだ。読み進めると、どうやらクラゲと同じ刺胞動物で、群れをなす生物らしい。

つまりカツオノエボシは、戦隊シリーズの合体ロボか。

「このカツオノエボシとアンドンクラゲは、どちらも電気クラゲなんです」

「デンキナマズみたいな言い方だな」

「刺されると激痛で、ミミズ腫れみたいになるんですよ」

クラゲ自体が電気を帯びているわけではなく、刺されたときの症状からきている分類なのか。デンキナマズの方がまだ可愛げがある。

「ヒクラゲは刺されると火傷《やけど》したみたいになるから、ヒクラゲ、って呼ぶんだそうです」

「感電も火傷もしたくない」

「痛そうですよね」

「その感性は正常なんだ」

「こんなやつもいます」

小崎が開いたページには、焦げ茶色の長い何かが写っていた。傘は丸くて円錐型で、褐色に塗られた巨大なエノキみたい。これをクラゲと呼ぶには抵抗がある。

「なんだこれ」

「ダイオウクラゲです。深海にいるクラゲです」

深海と聞くと良いイメージはない。真っ暗な世界と、リュウグウノツカイとかチョウチンアンコウとか、光も届かない世界で生きている不細工な生き物たち。僕はあまり好きじゃない。

「触手はないんですけど、口腕《こうわん》が十メートルくらいあるんです」

「口腕って何？」

「この部分です」

小崎が指さしたのは、僕が触手だと思っていた部分だった。そんな専門的な単語まで使いこなすなんて、クラゲについては本当に勉強しているようだ。

「こっちが、船の上で撮られたダイオウクラゲの写真です」

人の身長をはるかに超える赤褐色のゼリーが、甲板に置かれている。口腕はまっすぐ伸ばされているが、写真に収まっていない。

「十メートルもあったら絡まりそうだね」

適当に感想を述べると、小崎が笑った。

「これが空から降ってきたら、みんなびっくりしそうです」

「間違いなく腰抜かすよ」

「見た目だと、このイボクラゲもなかなかやりますよ」

「名前がすでに嫌だ」

イボクラゲは、傘の上部からイソギンチャクのようなものが生えていた。傘と同じ乳白色だから寝癖みたいでまだいいけど、もし全体がおどろおどろしい色だったら、気味の悪いクラゲ一位かもしれない。

「このタコ足みたいな部分は触手？」

「いえ、口腕です。色が付いてますね」

だめだ。やっぱり見分けがつかない。

「候補はこんなものかなぁ。あとは小さなクラゲばかりだったんです。クラゲは進化した結果小さくなった、という説もあるようですが、大きなものが降ってきた方が、みんなびっくりしますよね」

小崎はパラパラと写真のページをめくった。

「管クラゲって種類もいるんですけど、あ、さっきのカツオノエボシもこの種類です」

見せられた写真は、管という名前が付いているだけあって、クラゲと言われてもピンとこないものばかりだった。まるで透明な稲穂やモール針金だ。他にも、毛虫のようなもの、所々が透けたウミヘビのようなもの。クラゲらしい形状ではない。

「変な形ばかりだな。ほんとにクラゲ？」

「管クラゲはヒドロ虫の集合体なので、細かく分類すると違うみたいですけど、大きく分けるとクラゲです」

こんなクラゲばかりがいるのか。海には行きたくないな。

「触手が逆さに生えたクラゲもいますよ。反対を向いてるクラゲも。サカサクラゲです」

「じゃあこれは？」めくられるページの途中に手を挟んだ。「この丸くて長いクラゲ」

僕が開いたページには、七色に光るホオズキかズッキーニのようなクラゲが並んでいる。

「これはウリクラゲです。光る種類がいて、あ、カブトクラゲにも光るものがいます。七色のイルミネーションみたいに」

「綺麗じゃん」

「綺麗なだけはだめなんです。毒があったり、見た目が恐ろしいやつじゃないと」

なぜだ。

「なんで小崎はクラゲを呼んでるの？」

ページをめくる手を止めて、小崎は大きな瞳で僕を見た。口角をゆるゆると上げて、いたずらっ子の表情を浮かべ、唇に人差し指を当てた。

「内緒です」

「なんで？」

釈然としないので、僕は畳みかける。

「なんで禍々《まがまが》しいクラゲを呼びたいわけ？　降らせたいわけ？　こんなのが空から落ちてきたらただの迷惑だろ？」

「秘密です」

図鑑がボスンと閉じられる。

「というわけで、わたしは自由研究のテーマをクラゲに決めました！」

どうでもいい情報だけがもたらされ、呼びたいクラゲは結局決まらなかった。

7

夏の読書週間が始まった。期間は夏休みが始まるまでの一週間だ。僕たち図書委員は忙しくなる、のだろうか。本の場所や内容を訊かれたり、貸し出し手続きを延々とする羽目になるのだろうか。嫌だな。ＰＯＰで紹介された本は、目玉商品としてわかりやすい位置に移動したし、貸し出し機の使い方もプリントアウトして壁に貼ったのだけれど。

月曜日の放課後。

げんなりしながら図書室を覗くと、大人しそうな女子生徒がひとり、本を片手に貸し出し機の前であたふたしていた。

「貸し出しですか」

声をかけると、彼女は小刻みに頷く。片手に持っているのは『青の炎』だ。矢延先輩お勧めの一冊。

手続きをして、「一週間です。来週の月曜日に返してください」と告げる。峯山高校の図書室では、貸出期間は原則一週間だ。延滞しても罰則はない。

続けて小柄な男子生徒がやってきた。坊主頭に焼けた顔、肩から下げているエナメルバッグには、峯山高校野球部、とプリントされている。彼は『ギフト』を借りていった。

次にやってきた女子生徒は、普段は絶対に図書室になんて来ないだろう外見だった。編みこんだ髪と流行《はや》りのかばんにキャラクターのストラップ。ファッションセンスの塊。苦手なタイプだ。彼女は『僕は長い昼と長い夜を過ごす』を借りていった。

みんな案外、本を読む。

司書室で事務処理をしていると、小崎が「遅れましたー」と入ってきた。

「掃除当番でした」

訊いてもないのに報告してきた。

「念入りにしたんですよ、教室掃除」

小崎はリュックサックを下ろし、二段弁当を取り出した。園児が持っているようなな、デフォルメされた動物の柄だ。

「食べてもいいですか？」

思いついたように尋ねてきたが、食べる気満々だろ。

「どうぞ」パソコンに貸し出し本と返却本を打ちこみながら返す。

「ありがとうございます。いただきまーす」ブロッコリーを頰張る姿はハムスターだ。「どうですか、貸し出し、出てますか？」

「出てるよ。三冊出た」

「『プラネタリウムのふたご』ですか？」

「違うけど」

「えーっ」

小崎は大げさに肩を落とした。「あれ、最高なのになぁ」とつぶやく。ＰＯＰの出来があれだからな。

僕の『君の名は。』も、映画館やテレビで観た人が多いだろうから、おそらく貸し出されることはないだろう。

事務処理を終えて、リュックサックから財布を取り出した。時計の針は一時を半分ほど超えたところだ。

「あれ、先輩、お弁当は？」

「ないよ」

をしなければならない。司書室を後にする。

「購買ですか？」

「いや、近くのコンビニ」

昼ごはんだけなら校内の購買で充分だが、今日の二時間目に尽きた消しゴムの補充をしなければならない。司書室を後にする。

昼の混雑を避けたので、学校近くのコンビニは空いていた。

文房具のコーナーに向かい、安い消しゴムを手に取る。あとは昼ごはんだ。パンかおにぎりか。手軽に食べられるものがいい。

ふと、知った顔を見かける。お菓子のコーナーに関岡がいた。

暑苦しいセミロングの黒髪と猫背、眼鏡。僕の前の席に座る女子生徒であり、図書室の常連。鬼の形相で問題集に向かう姿ばかり見てきたので、コンビニにいるだけで物珍しさがある。

関岡は疲れ切っていた。目元には生気がなく、頬はこけている。髪にも艶《つや》がない。

峯山高校には、テストの上位三人に拍手を送るという悪習慣がある。生徒の向上心を高めるためだ。期末テストの返却では「最高点は○○点、関岡」と彼女の名前が何度も呼ばれていた。そんなに頑張ることもないだろ、と思うけど、何か高い志があるんだろう。それは僕のあずかり知らぬところだ。とにかく彼女は執念深く勉強をしてている。

でも、いまお菓子のコーナーで突っ立っている関岡にその迫力はない。彼女の目だけが爛々《らんらん》と光っている。駄菓子の当たりでも探しているのか、透視を試みているのか。いや、違う。右手に持っているチロルチョコをじっと見つめている。瞬きひとつしない。チロルチョコが何だっていうんだ。

不意に、彼女はそれをスカートのポケットに入れた。

そのままレジと反対方向に歩いて、本や雑誌が並んだ棚の前を通り、コンビニを出ていった。流れるような一連の動きだったので、僕は、炎天下を歩いて遠ざかっていく関岡を見つめることしかできなかった。

振り返ると、店員はお菓子のコーナーが死角になる場所で割りばしを補充していた。もうひとりは弁当のコーナーで作業中だ。

僕はおにぎりをふたつ棚から取ってレジに向かう。

「いらっしゃっせ」

適当に挨拶を投げてきた茶髪のおにいさんが、目線を一度も合わせないまま会計をしてくれた。

逡巡したけれど、三百円を払って、商品の入ったレジ袋とお釣りを受け取って、僕はコンビニを出る。当然ながら関岡はもういない。学校の方へ向かって行ったので、たぶん図書室に戻ったのだろう。テストが終わってからも図書当番のたびに彼女を見かけている。

コンビニで関岡が僕に気づいた様子はなかった。一方的に僕が目撃してしまっただけだ。あとは防犯カメラが見ているくらいか。それも、店員が逐一チェックするわけじゃないだろう。

優等生の万引き。

何はともあれ、僕には関係のない話だ。席が前後なだけで接点のないクラスメートが、コンビニでチロルチョコを盗もうと、僕の人生に影響は出ない。

司書室に帰ると、小崎が窓を全開にして空を見上げていた。

「何してんの」

窓からむわっとした熱気が入りこんでくる。僕は顔をしかめつつ、レジ袋をテーブルに置いて、おにぎりの包装を取る。

小崎は振り返らずに答えた。

「クラゲを呼んでるんです」

だろうな。

「クラゲの勉強をしたので、少しくらいはわたしの呼びかけに応えてくれるはずです」

「どういう理論？」

「自分のことをわかってくれる人のところに行きたくなるじゃないですか」

僕はツナマヨを咀嚼しながら考えた。

自分のことをわかってくれる人のところか。

「わからなくはない」

「でしょ。そういうことです。わたしはもはや、クラゲの友だちなんです」

日焼けを気にしないのか、小崎はずっと窓際にいる。

おにぎりを食べ終わって図書室を覗くと、いつもの席に関岡の姿があった。分厚い参考書をテーブルに広げ、教科書を積み上げ、血眼《ちまなこ》になってノートにかじりついている。右手のシャーペンが止まる気配はない。

常習犯か。魔が差したところを僕が見てしまっただけか。

ドアを閉めて司書室に帰り、頭を振った。

万引きは関岡の問題だ。僕にはどうしようもない。

コンコン、と司書室のドアがノックされた。廊下につながっているドアだ。曇りガラスに人影が映っている。

「亨」

再度ノックされた。聞き覚えのある声だ。

「亨、いるんだろ？」

「いるよ」僕は事務イスに腰かける。「入ってもいいよ」

控えめにドアが開き、遠藤が顔を覗かせた。「よう」

「何の用？」

「図書室に来る理由くらいわかるだろ？」

面倒くさいのでため息で返すと、「馬鹿おまえ、わかれよ」と言われた。「本を借りに来たんだよ」

遠藤は後ろ手にドアを閉め、「へえ」と司書室内を見渡した。パソコン台と事務イス、窓際の長テーブルとパイプ椅子、ファイルの並んだ棚、図書室へ続くドア、面会室のような小窓。

「図書委員は良い場所が使えるんだな」

最初の遠慮は何だったのか、彼はずかずかと入ってきて長テーブルにスクールバッグを置いた。小崎に「こんにちは」と人懐こい笑顔を向ける。

小崎は会釈をして、僕に救いを求めるような目を向けた。

「遠藤義久《よしひさ》、二年生」

適当に紹介すると、遠藤が勝手に「こいつの親友」と補足した。嘘を言うな。ここ二ヵ月は大した会話もしてないくせに。

小崎はまんまと騙されて、「先輩の親友さんですか、よろしくお願いします」と頭を下げた。茶色の長髪が垂れる。小学一年生が不器用な挨拶をするようだった。

「小崎優子です。茶道部です。一年生で、先輩と図書当番のペアです」

「小崎ちゃん、どうもね」

小崎のことをいま知ったかのような口ぶりで返し、遠藤は僕を見る。何やら含みのある目つきだ。彼女じゃないし、彼女になることはない。やめろ。

「本を借りに来たって、何の本を？」

僕はパソコンを適当に弄《いじ》って、忙しいふうを装いながら尋ねた。

「生徒玄関のお勧め本のやつ、おまえも書いたんだよな？」

「書いたよ」

「さすが。気合を入れてやったんだろ？」

「仕事だったから」

「……まあいいや。おまえのお勧めがいいな」

「『君の名は。』」

「え」遠藤は目を丸くした。「おまえ、ああいうの好きだったっけ？」

「読んでない。適当に選んだだけ」

「えーっ！」声を上げたのは小崎だった。「先輩、読んでないんですか！　読んでない本を書いたんですか！　そんなのお勧めできてるって言いません！　お勧め失敗です！」

キンキンと甲高く言うので、僕は声を避けようと首を傾ける。直撃を受けると鼓膜《こまく》が破れそうだ。共振現象で割れるワイングラスみたいに。

「なんでもいいんだろ。なら読んでない本でもいいし、映画は観たし、しっかりPOPは作ったし、小崎も褒めてたし」

「そ、これは、確かに、褒めました、けど、でも、でも、そんなの、そんなのは間違ってます。作者への愛が、読書への愛が感じられません」

もともとない愛を絞り出したんだ。努力賞をもらってもいいくらいの健闘だと思う。

「問題ないだろ。ＰＯＰさえできれば」

「ありますよ！」

「『君の名は。』かぁ。俺、映画館で観たんだよな。姉貴がノベライズ版持ってるし、別の本がいいな」

「では『プラネタリウムのふたご』はどうですか！　わたしはしっかり読みこんでＰＯＰを書きましたよ」

きた。読書家のアピールタイムだ。僕は再びパソコンを弄って時間を潰すことにする。

「『プラネタリウムのふたご』は、いしいしんじという作家の作品です。プラネタリウムに捨てられた双子の物語なんですけど、騙されることの大切さを教えてくれる一冊です。いしいしんじの良さは文章の柔らかさと優しさにあるんです」

遠藤を置いてけぼりにしながら、小崎は嬉しそうにまくし立てる。

「彼の描く物語はどれも悲しさを伴います。でもその悲しさは優しさでもあるんです。幻想的で児童文学のような描写もさることながら、ストーリー自体は強いえぐみを持っていて、素晴らしい作家なんです。わたしは彼の『麦ふみクーツェ』と『ぶらんこ乗り』も好きで、『トリツカレ男』もお勧めなんですけど、まずは『プラネタリウムのふたご』です。『プラネタリウムのふたご』、『プラネタリウムのふたご』！　こちらをどうかよろしくお願いします！」

選挙みたいだな。

胸の前で拳を握りしめ、振りかざし、小さな身体からほとばしる熱意。暑苦しい。

「さあ、『プラネタリウムのふたご』を！」

遠藤はぱちぱちと瞬きを繰り返し、「お、おう」と応えた。「わかった、じゃあ、それ、借りるよ」

「ありがとうございます！」

押し付けたも同然だが、小崎は選んでもらったかのような笑顔で遠藤の両手を掴《つか》んで握手をした。そうして自ら図書室に入り、『プラネタリウムのふたご』のハードカバーを片手に戻ってきた。

「さあ、貸し出し手続きです！　越前先輩、お願いします！」

ずい、と分厚い本が差し出される。貸し出し機を使わずとも、僕がいま触っているパソコンで貸し出しをすることが可能だ。

念のため遠藤を見遣ると、首肯された。

僕は遠藤の学籍番号を生徒検索で探し出し、コピペして、本に貼り付けているバーコードをバーコードリーダーで読み取った。ピ、という電子音。あとは赤い四角で囲まれた〝貸し出し〟をクリック。

「はい、終了」

ハードカバーを受け取った小崎は、それを遠藤に差し出した。同時に頭を下げる。結婚指輪を受け取ってくれ、と言わんばかりの嘆願っぷりだ。

「ぜひ、ご一読を！」

遠藤は「さんきゅ」と本を受け取り、スクールバッグに入れる。

「おまえ、本を読む暇なんてあるのか」僕は尋ねた。

こいつが図書室に来た理由は、僕の冷やかしだろう。下田を連れてこなかったあたり、計算高さがうかがえる。小崎という予測不能な小動物のせいで本を借りることになっているが、サッカーで疲れた体に鞭打ってまで、読書なんてしなくてもいい。

遠藤はスクールバッグのチャックをしめて、「うん」と言った。筋肉のついた背中を僕に向けたまま、「いまは、それなりに」と続ける。覇気のない声だ。

「で、亨、これはいつまでに返せばいい？」

「期限は来週の月曜日。延長もできるし、来週に入ったら夏休みの貸し出し期間になるから」

「できるだけ来週までに読むよ」

「練習で忙しいんだろ、無理しなくてもいいからな」

「れんしゅう？」小崎がはっと遠藤を見た。いまになって押し付けたことに気が付いたのか、「あの、先輩の言う通りです。本当に、無理に読まなくても」と両手をわたさせる。あそこまで勧めておいて。

「いや、時間ならあるから」

ひらりと手を振って、遠藤は司書室を出ていった。

これからサッカーの練習に行くのだろうか。その前に僕をからかいに来るなんて、嫌がらせの手間を惜しまないいやつだ。

小崎のクラゲ乞いに付き合っていると、夕方になった。

帰路につく。辺りは薄暗く、街灯が灯《とも》り始めていた。家には母さんがいた。仕事の疲れをにじませながら、

「スパゲッティにしようと思ってたんだけど、素麺《そうめん》でもいい？」

「いいよ」

ソファに座ってスマホを弄りながら返すと、母さんは「ありがと」とだけ言った。スパゲッティも素麺も似たようなものだ。

スマホゲームが一段落ついて顔を上げる。同じアイテムを繋げて消すゲームだ。パズルゲームは無心でやってしまうから、酷使《こくし》した目が疲れていた。

調理の音を聞きながら、冷房の効いた部屋を堪能《たんのう》する。涼しいことは素晴らしきかな。ヒートアイランド、熱帯夜、温室効果もくそくらえ。

開かずの本棚が視界に入った。

ダイニングキッチンの隅で息を潜めて佇《たたず》み、頭から布を被った本棚。夏目漱石のコーナーは、五段あるうちの真ん中の棚、その右端だった。もう数冊ほど別の作家の作品があったはず。そこを読み終われば、上の段へ移ることになる。『吾輩は猫である』はまだ半ばだから、次に読む本を確かめる必要はない。

上の段にはどんな本が並んでいただろう。はっきり憶えていないけど、最上段の右端にある本――つまり、最後に読むことになる三冊の本は憶えている。七尾虹の作品だ。左から、『てんとう虫の願い』、『世界にすこしだけ優しくなろう』、そして、青い革製のブックカバーがかけられ、緑の細いリボンが巻かれた一冊。

鳴かず飛ばずのデビュー作と駄作に並ぶ最後の一冊は、病床の父さんが僕に渡したものだ。リボンをほどいたことがないので、題名も表紙もわからない。『未完成本』と僕は密かに呼んでいる。たぶん父さんの遺作で、書き終わったのか、書き終わらなかったのかは不明だけど、出版できなかったのなら未完成だ。

　本棚から視線を外す。

　あの三冊だけは、読まない。読む価値もない。あの手前で読書は終わりにしなければ。

　スマホにＬＩＮＥの通知が入った。遠藤だった。通知欄にメッセージが表示される設定にしているので、『ちょっと聞きたいんだけど』とスマホ画面の上部にコメントが入る。『あのさ、亨さ、』。

　もったいぶらずに書けよ、まどろっこしいな。

　スマホをスリープにしかけたところで、手を止めた。

『小崎ちゃんに、下田のこと、話した？』

　遠藤が司書室に来たのは、これを僕に尋ねるためだったのかもしれない。

「亨、これ、テーブルに運んで」

　キッチンから母さんが言う。トークルームを開き、僕は『話してないけど』と送信した。キュウリとトマトが載った皿をテーブルに並べてから、スマホを見る。『そっか、突然ごめん』とだけ通知が入っていた。

『なんで？』

送信すると既読が付いた。

『先週の金曜日、部活で小崎ちゃんに逃げられたらしい』

『誰が？』

『下田』

小崎は嘘が下手だ。加えてごまかすのも下手。下田の好意を知っている。彼女は司書室で困惑していた。恋人を作る気はいまのところない、と。つまりはそういうことだろう。

『避けられる理由がないはずなのに変だな、って』『俺に相談してきたんだけど』

『下田が？』

『そ』

しわ寄せが遠藤に行っている気がしなくもないが、もともとはこいつが、一銭の得にもならない協力を僕に仰いだのが間違いだ。他人に迷惑をかけたが故の自業自得。あほらしい。

『それで、俺は亨にしか言ってないし、小崎ちゃんと接点があるのもおまえだし』

僕を疑っている、と遠回しに告げている。『言ってないけど』と送った。

『そっか、疑ってごめん』『俺って嫌なやつだよな』『じゃあ飯だから』

さらば、と手を振る侍のスタンプが送られてきた。

俺って嫌なやつだよな。

その一行だけを何度も読んでしまう。

俺って嫌なやつだよな。

「亨、これも運んで」

呼ばれたので、スマホをスリープにする。母さんから素麵の入ったザルを受け取った。キッチンの電気が消されたので、晩ごはんは完成したようだ。

僕はイスに腰かけて、いただきますも言わずに箸を持った。

結局のところ、夏の読書週間は成果を上げた。驚くべきことだが、一学期の終業式まで貸し出しはコンスタントに行われた。返却を延滞したまま夏休みに突入した生徒も多かったが、それはそれだ。

「利用者が増えたことに意味があります」

金曜日。終業式後の図書委員会で、発案者が言った。目論見《もくろみ》通りの結果に満足気だった。彼は立ち上がって礼を述べたあと、

「これから、返却に来てくれた生徒が、そのまま図書室を利用してくれるようになったらいいな、と思います」

感想を付け足して座る。簡単な拍手が起こった。

「やろうと思えばできるもんだね」

矢延先輩が感想で返した。発案者がはにかむ。芝田先生も「大成功ね」と頷いた。

「入荷してほしい本のリクエストもあってね、いままで図書室に来てなかった読書家さんが、利用してくれるようになったのかも」

「勉強で利用してる生徒も多いから、専門書のコーナーを設けたり、勉強のハウトゥー本の企画をしてもいいかもですね」

矢延先輩は飽きずに提案した。これ以上仕事を増やしてほしくないので、僕は嫌な顔をしてしまう。

他の図書委員は、自分の紹介した本が貸し出されて存外に嬉しかったようだ。今後も定期的に読書週間を作ろう、という意見が上がった。迷惑だ。誰しもに好評だったわけじゃないのに。

「幟は外すとして、すてきなポスターやＰＯＰだったから、しばらく貼っておきましょうか。まだみんな学校に来るわけだし」

　芝田先生の提案に反対意見は出なかった。

　これから高校生は晴れて夏休み、というわけではない。進学校の峯山高校では、八月に入るまで補習授業が行われる。補習と冠が付いているだけの通常授業だ。日程は昼までだが、出席確認をされる上に授業も進む。これからも平日は登校しなければならない。終業式とはなんだったのか。

　しかも、テストで赤点を取った生徒は午後から本来の補習がある。聞いたところによると、小崎は午後からも学校に残らなければならないらしい。数学か、いや、生物かもしれない。昨日、化学が苦手ということも判明している。

　ちなみに、お盆が終わった八月の下旬からも登校期間だ。九月の頭にある文化祭の準備のためである。

　暦上《こよみ》は一ヵ月と二週間ある夏休みも、迎えてみれば二週間と少ししかない。華の高校生活、夏休みの謳歌《おうか》など、どだい無理な話だ。その短期間で山のような宿題をやってこいというのだから、ブラック企業も顔負けのブラックスクールだと思う。

「とにもかくにも、お疲れ様」

芝田先生の言葉で、委員会は幕を閉じた。

「先輩」

リュックサックを背負った僕に、小崎が話しかけてきた。いつも通り、パンダ柄のリュックサックを背負っている。やけに重そうだが、学校に教科書を置いていたのだろうか。

「今日は茶道部がお休みなので、これから屋上に行きます。先輩もどうですか？」

「じゃあ、まあ、行くよ。弁当も持ってきてるし」

今日もクラゲ乞いは行われ、当然の結果だが何も起こらなかった。

8

夏休みの補習授業が始まった。

月曜日、僕は無意識のうちに司書室へ向かっていた。体が勝手に動いていたのだ。習慣とは恐ろしい。

司書室を開けて誰もいなかったところで、いまが夏休みであったことを思い出した。でも芝田先生もいないのは、司書としてどうなんだろう。

「お疲れ様」

後ろから声をかけられてびっくりした。振り返ると、にやついた矢延先輩だ。

「真面目だね、図書当番？　きみ、案外ここが好きだな？」

先輩は僕を追い越して司書室に入り、長テーブルにスクールバッグを置いた。片手に数冊のハードカバーを持っている。

「別に好きじゃないですけど」

「じゃあなんで来たの？」

「つい」

「好きなんだね」

「嫌いです。先輩は？」

「ここはあたしの自習塾なもんで」

「私物化ですか」

「間借りだよ、間借り」

先輩と会ってしまった以上、ここで帰路につくのも気が引けた。司書室に入る。

リュックサックを下ろして事務イスに腰かけ、返却本をチェックした。夏の読書週間で貸し出された本が返ってきている。

「これも、玄関の返却ボックスに入ってたよ」

先輩がハードカバーをパソコンの隣に置いた。一番上にあったのは、『プラネタリウムのふたご』だ。返却期限を過ぎているが、遠藤は読み切ったのだろうか。それとも挫折したのか。たぶん後者だな。

「芝田先生はいないんですね」

処理をしながら尋ねると、参考書を開き勉強の姿勢を作っていた矢延先輩が、「だね」と言った。「家庭科部、忙しいらしいよ。地区予選を突破したんだって」

家庭科部の地区予選？　コンテストがあるような部活には思えなかったが、突破したのならそうなんだろう。

「すごいですね」

僕は返却手続きの済んだ本を持って図書室に入った。背表紙に貼ってある小さなシールと番号を目印に、本棚へ返していく。

いつもの席には関岡がいた。手元で何か作業をしている。

僕は手を止めた。関岡の手元を凝視した。

チロルチョコだった。ひとつじゃない。ざっと数えただけでも十個はある。それを自習机の隅に積んでいる。まるで賽《さい》の河原のように。当然ながら図書室は飲食禁止だが、それよりも、そのチロルチョコは、なあ関岡、まさか全部、盗《と》ったものなのか。

僕はチョコレートの塔から視線を逸らして、手元の『プラネタリウムのふたご』を見る。絵の具をべったり塗りたくったような装丁だ。コンビニの関岡が思い出された。チロルチョコをポケットに突っこんで、何事もなかったかのように出る。それを何度も繰り返す。気の迷い。魔が差した。そんな言い訳では片づけられない。勲章みたいに積み上げて、誇っているようだ。

関岡。それはダメだろ。

けれど僕は何も言わない。本をすべて棚に戻し、司書室へ戻る。

ドアを閉めると、矢延先輩が「どうした」と言った。

「暗い顔してるよ。難しそうな顔だ。悩める少年よ、大志を抱け」

なんだか演説みたいだ。

「先輩」

僕は「たとえばですけど」と下手な前置きをした。「もし、クラスメートが万引きしてるところを見たら、どうしますか」極力声を潜めた。

先輩は少し黙って、「ふむ」とわざとらしく顎《あご》に手を当てる。

「万引きは窃盗《せっとう》だから、犯罪だね」

「ですね」

「罪を犯したクラスメートは、あたしたちと同じ高校生だ」

「ですね」

少年法、とか言いだしそうだな。僕はまったく法律に詳しくない。少年犯罪も少年法も少年院も、僕の日常から程遠い。そういうことを聞きたいんじゃないのに。

「高校生は物事の分別がつく年齢だね。アリの行列を面白半分に潰したり、好きな子のおもちゃをぶんどったりしない」

「でしょうね」

「じゃあ、きっと複雑な理由があるんだよ」

先輩はどもることもなく、迷うこともなく、朗らかに告げた。

「何かと難しい時期だからね、悶々《もんもん》と悩んでぐるぐる回って涙が出て、ひとりで苦しんでしまう。世界中でひとりぼっちになってしまう。その子もきっとひとりなんだよ。ひとりは凍えそうで息苦しくて、最も近くにいる、気軽にやってくる地獄なんだ。——って、あたしの好きな作家が言ってた」

受け売りであることを強調したいのか、照れ隠しのような溌剌《はつらつ》さで付け足された。

「……だから、先輩なら、何をしますか？」

「その子をひとりにしない」

抽象的な回答だった。この人に訊いた僕が馬鹿だった。

「そうかもしれませんね」

「そうだよ。見た限りは話を聞いてあげるなり、諭《さと》してあげるなり、何か手を差し伸べてあげるべきだよ。それが目撃者の義務であり、この世で生きていくために必要なことなんだって、」

「好きな作家が言ってたんですか？」

「言ってた、って言うと語弊《ごへい》があるよね。書いてた。本に書いてあることイコール作家の思ってることではないけど、作家が伝えたいことではあるよ、おそらく、たぶん、きっと」

本の話はどうでもいい。

やっぱり、関岡のこともどうでもいいか。

リュックサックを背負い、僕は「お疲れ様でした」と司書室を出た。

関岡が学校に来なくなったのは、翌々日のことだった。

いつもの猫背はなかった。空っぽのイスは奇妙な感じがしたし、見慣れた人がいなくなると、やけにすうすう風通しが良くなる。登校して関岡がいなかったときは「遅刻かな」と軽く流した。一時間目が始まると、それは「風邪かな」に変化した。先生は関岡について触れなかった。まるでクラス全員がそろっているかのように授業を進めた。

二時間目の英語が始まる前に、近くの席で女子が囁《ささや》いた。

「ねえ、関岡さん、捕まったらしいよ」

ひとりが言うと、彼女の周囲に集まっていた女子が「え、」「マジ？」「嘘」と続けた。

「昨日、おにいちゃんのバイト先で万引きがあってさ、峯高の制服だったんだって」

「マジで関岡さん？」

「店長とその子の親が話してたのを聞いたらしくて、関岡、って名前だったらしいよ」

「やば」

声を潜めるのは形だけで、彼女は隠すつもりなど毛頭ないようだった。「なにに？」とクラスを牛耳《ぎゅうじ》る男子と女子が会話に加わったことで、噂は事実へと塗り替えられていく。

「関岡さん、努力家だと思ってたのに」

「意外だよね」

「でもちょっと怖かったし」

「そうそう、勉強しすぎっていうか、」

「頭おかしくなってたんだろ」

「それは言い過ぎでしょ」

「そうだぞ、おまえ、それは謝れよ」

「誰に？　関岡さん？」

男子が関岡の席に向かって「ごめんー」と大声を上げた。笑いが起こる。

「いないのに意味ないでしょ」女子の突っこみ。「ちゃんと謝んなよー」

「犯罪者に謝るとか、先におまえが謝れよ、って感じだろ」

「てか今日来てないのって、捕まったから？」

「先生も何も言わないなんてさ、薄情だよね」

僕は俯《うつむ》いて音楽プレーヤーを触った。曲を選択して音量を上げる。目の前の空いた席を、上目で見た。

万引きなんてするからだ。


「先輩のクラスの人、捕まったんですか？」

小崎に尋ねられたのは、翌日の司書室で、だった。

なんとなくクラスに居心地の悪さを覚えた僕は、補習授業が終わり次第、司書室で弁当を食べていた。午後からクラスで文化祭の話し合いがあるので、家に帰るわけにはいかない。僕のクラスには補習（午後から行われる本当の補習だ）を受ける生徒はいないようだ。

一方、補習の受講対象である小崎も、やはり司書室で昼飯を食べている。

今日は木曜日。僕たちは司書室で顔を合わせてしまい、当番の仕事をする流れになった。

さっきまで『プラネタリウムのふたご』の返却を喜んでいたくせに、小崎の声音は百八十度違うものになっている。

「そうだよ。いつも奥の席で自習してたやつ」

「え、ずっと頑張ってた人ですか」

やはり目立っていたらしい。

「万引きだってさ、窃盗、犯罪」

「そうですか……。クラスの子が話してるのを聞いちゃって。探るようなことをしたかったわけじゃないんですけど、すみません」

小崎は箸を置いて頭を下げた。

「謝ることじゃないだろ。実際、やったものはやったんだし」

僕も目撃している。関岡の犯行は、嘘ではないと言い切れる。

「関岡は悪いことをやったんだから、いろいろ言われて当然だ。たくさんの人に迷惑をかけたんだし」ふりかけのかかった最後の一口を食べて、箸を片づける。「それより小崎、補習、間に合うの？」

小崎は「いえ」と箸を持った。しかしそれは再び置かれる。

「わたしの友だちに」

「はい？」

「友だちに、遥《はるか》、という女の子がいます」

俯いたままとつとつと、小崎は言葉を零す。

「すごく強くて、かっこよくて、わたしの憧れなんですけど、その子が言ってたんです。悪いことをするのは理由があるんだ、って」

矢延先輩みたいなことを言い始めた。説教は嫌いだ。人生の真理や格言も好きじゃない。誰にだって言える安物だ。

「へえ」僕は弁当箱を包んでリュックサックに入れた。「理由ね」

「わたし、親の仕事の都合でこっちに引っ越してきたんですけど、中学までは隣の県に住んでて」

「うん」

「いまは遥ともあまり会えなくって、けど、でも、遥の言葉はずっと残ってて、その関岡さんも理由があるんじゃないですか」

「あっても犯罪は犯罪だろ」

壁に掛かった時計を見る。そろそろ昼休みが終わる。

「法律を破ったら犯罪で、じゃあ関岡さんの心はどうなるんですか」

「さあ。僕は関岡の友だちでもないし、それより時間、いいの？」

小崎はちらりと時計を見て、弁当にふたをした。三分の一は残っているように見えたけれど、リュックサックに仕舞われる。

「越前先輩。ＬＩＮＥ、交換しませんか」

代わりにスマホが出てきた。ｉＰｈｏｎｅで、カバーはクラゲとテントウムシのイラストだ。

「クラゲのことで進展があったら、お知らせしますから」

そんなことはどうでもよかったが、断る理由もないので、僕はスマホの電源を入れた。


関岡が学校に来たのは、翌週のことだった。

関岡は授業が始まる数分前に、教室の前のドアから入ってきた。ぼさぼさの黒髪で眼鏡をかけて俯いていた。とにかく陰鬱《いんうつ》なオーラが漂っていたが、何よりも目を引いたのは、彼女の左頰を覆ったガーゼだった。

関岡が入ってきた瞬間、クラスは水を打ったように静まり返った。彼女が歩くと、周囲はフナムシが人を避けるように道を開けた。

僕の前の席に座り、関岡は教科書とノートを開いた。夏服から覗く青白い腕に痣《あざ》が見えた。

一時間目。先生は何事もなかったかのように古典を進めた。一時間が長く感じる。

息が詰まる。クラス中に違和感が漂っていた。関岡は明らかに異物になっている。

二時間目は数学だった。入ってきたのは小酒井先生だった。僕らの数学の担当教師ではないはずだが、彼は教卓に教科書とファイルを置いて、

「座れ」

低くしゃがれた声で言う。ぎくしゃくしていたクラスの空気がさらに歪《いびつ》になって、数学が始まった。

「先生の出張の都合で、私が数IIを請け負うことになった」

先生は淡々と告げて僕を見た。ワシのように鋭い目つきと、肉のそぎ落とされた頬、ニコリともしない下がったままの口角。僕は思わず背筋を伸ばす。

違った。小酒井先生は関岡を見ていた。

「関岡」

空気の質感がざらりと変わった。いままで真空状態みたいに、肌にぴったり張り付いていたのに、突如凹凸《おうとつ》を帯びる。

タブーに触れた。

関岡の背中に力が入っている。

「それはどうした」

頬のことだ。大きなガーゼ。

「なんでもないです」

関岡は小声で答えた。静寂のなかでは嫌味なくらい響いた。

「あとで職員室に来なさい」

小酒井先生はぼそりと、けれど有無を言わせないように言い捨てて、教科書を開いた。

授業が終わり、関岡はそっと教室を出ていった。本人は隠れるように出たつもりかもしれないが、もはや注目の的になっているので意味はなかった。

午後の文化祭の話し合いに、関岡は姿を見せなかった。翌日も翌々日も、授業に参加はするが、一言も発さずに彼女は下校した。

「被害者のつもりなのかな」

クラスメートのひとりが、汚物でも見るような顔で言った。


金曜日。

今日で建前だけの夏休みが終わりを告げる。文化祭の話し合いが終わり、教室を出た僕に声をかけてきたのは遠藤だった。

「よう、亨。これから図書室に行きたいんだけど、ちょっといいか」

「これから?」

出鼻をくじかれてげんなりした。わかりやすい顔をしていたのだろう、遠藤が苦笑する。

「『プラネタリウムのふたご』、おもしろかったからさ、他のお勧めを知りたいんだよ」

「勝手に行ってろよ」

「俺ひとりじゃ入りづらいし」

「だからってなんで僕が。だいたい今日は、小崎は部活で来ないし、僕も当番じゃないし」

「え、そうなの?」

「そうだよ」

しかし、遠藤は引き下がらなかった。

「いいじゃん。次は亨のお勧めを教えてくれよ。いまは何を読んでる?」

「何でもいいだろ」

　一歩下がって窓の外へ視線を遣った。おや、と気づく。見下ろす形で生徒玄関が見えるが、校門まで駆けていく男子生徒、あれは下田だ。やっぱりサッカーの練習があるんだ。

「遠藤、おまえ、本を読んでる暇があるんだな」

　さっきの言い方だと、遠藤は『プラネタリウムのふたご』だって読破したんだろう。呆れる。

「サッカーの練習さぼってるんだろ。下田みたいにちゃんと行けよ」

　歩き出して肩を掴まれた。

「……なあ、」

　遠藤の低い声が、唸《うな》るように僕の耳元で鳴った。

「おまえなんだろ、小崎ちゃんに下田のこと言ったの」

　その話か。

「だとしたら、何？」

「何って、」

「急いでるんだけど」

　手を払うと、案外すんなりと外れた。遠藤は何も言い返さない。じっとこちらを睨んでいる。

僕は視線を外して階段へ向かった。掴まれた肩がじんじん痛んだ。

9

とにかくにも、本当の夏休みがやってきた。時間はあるし早起きもしなくていいが、何をしていても汗ばんで億劫《おっくう》になるので、ほとんど家を出ない日々が続く。

「亨。あんた、今日も太陽を浴びてないでしょ」

太陽は浴びてる。カーテンを閉め切ってるわけじゃないし、引きこもってはいない。生返事で切り抜けようとしたが、無理だった。

「さ、家を出る！」

母さんに追い出され、ショッピングモールや図書館で時間を潰した。いつも問題集とノートが手放せなかった。とにかく宿題が終わらなかったのだ。

登校日は、お盆明けの月曜日。つまり、お盆と土日を挟んだ次の日だ。それまでにワークを完成させなければならない。

夏休みが始まって一週間が経った。

西の空に仄《ほの》かな明るさを残した夜空が見えて、ベランダのカーテンを閉めた。夜になっても夏の熱はなくならない。母さんはキッチンで晩ごはんを作っている。

僕はローテーブルに教科書を広げ、冷房の風が髪にかかるのを感じながらワークを進める。

ＬＩＮＥがピコンと音を立てた。小崎だった。

『クラゲの自由研究、進んでます！』

一緒に送られてきた画像は、水槽《すいそう》の写真だった。小さな水槽の横にメカニックな装置が見える。どうやら水が循環する仕組みらしい。飼ってみたのか。

『海で捕まえてきました！　小さなクラゲです』『エダクダクラゲだと思います』

画像がもう一枚送られてくるが、光の加減かピントが合っていないのか、クラゲが水槽のどこにいるかわからなかった。

『生態観察に移行したの？』

呼ぶんじゃなかったのか、と呆れつつ返信すると、『もっとたくさん知った方がいいのかな、と思って』と返ってきた。

『飼うと身近に感じるじゃないですか』『身近な方が気軽に呼べそうです』『行動って大切だと思うんですよ』

『毎日呼んでるの？』

『呼んでますよ！』

『暇だな』

僕は枕元の本を思い出す。井伏鱒二《いぶせますじ》の『山椒魚』。図書室から借りたものだ。短編集で、最初に収録されているのが『山椒魚』なのだけど、まったく読めていない。登校日に返却しようと思っていたが、難しそうだ。

『暇じゃないです』『飼育は自由研究です！』

怒ったキャラクターのスタンプが送られてきた。

『クラゲを飼うのって難しいんですよ！　先輩こそ、勉強は進んでるんですか！』

『進んでるよ』答えを書き写す作業が。

『来年は受験生ですもんね！　いまのうちから頑張らないとですね！』

嫌味を返してくるが、小崎の嫌味は嫌味と知れてしまうのが残念だった。むふーと鼻の孔《あな》を膨らませて胸を張る姿が想像つく。それは嫌味というより……

『受験生といえば、この前、れん先輩と一緒に遊んだんです』

『れん？』

『矢延先輩ですよ』『れん、恋』

恋《れん》。あの人、そんな名前だったのか。僕は作業片手間に『へえ』と返した。

『遥と先輩を会わせたんです！』『ふたりとも本が好きなので、とっても盛り上がりました』

矢延先輩は受験勉強をしなくていいのだろうか。それとも、これができる高校生のライフスタイルなのかもしれない。勉強、趣味、遊び、先輩は実に器用にこなしている。あとは恋愛くらいだろうが、恋人の存在は聞いたこともなければ感じたこともないのでスルーだ。

『実は、わたしが七尾虹を好きなのは遥のおかげなんです』

僕は一瞬フリーズしてから、

『へえ』『ごめんごはん』

と返して、スマホをスリープにした。

お盆で実家に帰省していた母さんと僕は、家に帰ってきてぐったりとしていた。

「……原稿、仕上げないと」

母さんが立ち上がり、ノートパソコンをテーブルに置く。僕もまだ宿題が終わっていなかったが、母さんと顔を突き合わせて同じ空間で勉強するのは嫌だったので、自室に戻ろうとした。

「亨。明日、自分でお昼作れる？」

母さんがブラインドタッチをしながら言った。僕は「うん」と答える。コンビニまで出る労力を考えるとうんざりしたが、徒歩数分だ。

「母さん、明日は忙しいの？」

「この仕事を終わらせないとね、納期が近いから」

「へえ」

「次の企画は〝来《きた》る読書の秋！　あなたはお供に何を選ぶ？　編集長百選！〟だから」

「そう」

僕はダイニングキッチンのドアを閉めた。

土曜日は特に暑かった。昼ごはんを安請け合いしたな、と後悔しながらコンビニへ向かい、冷麺とガリガリ君を買った。

母さんは帰ってこなかった。『原稿終わらない』『泊まるわ』とだけＬＩＮＥがあった。いつものことだ。

日曜日は更に暑かった。

母さんが熱中症で病院に搬送された、と電話がかかってきたのは、午後二時のことだった。

家にいた僕は、鳴り響く固定電話を無視していた。セールス以外で鳴っているのを見たことがなかったからだ。留守番電話に切り替わり、

『越前さんのお宅ですか』

女性が電子のフィルター越しに言った。切羽詰まっているようだったので、思わずワークから顔を上げる。

『さっき、越前さんが熱中症で倒れられて、救急搬送されました』

続けて女性は搬送先の病院名を言う。早口だったが二回繰り返した。

『以上です。また何かわかったらご連絡します』

ツー、ツー、ツー、という音で、電話が終わったことに気が付いた。

伏せていたスマホを持ち、ＬＩＮＥを見る。メッセージは何もない。新手の詐欺《さぎ》か、と一瞬だけ思った。

立ち上がり、財布とスマホをポケットに入れ、鍵を片手に家を飛び出した。

母さんの職場は隣県だ。搬送先も隣県だった。電車で三十分。駅まで走った。Ｓｕｉｃａを忘れたので切符を買う。一万円を突っこんで、じゃらじゃら零れてきた小銭と千円札八枚を財布に仕舞い、切符を改札に通す。電車の時間を調べず駅に来たのは初めてだった。電光掲示板を見る。ホームへ走った。暑さは吹き飛んでいた。

病院に着くまでが異様に早く感じた。いざ着いて受付で母さんの名前を言うと、スタッフは落ち着いた口調で病室を告げる。救急搬送された患者専用の病室だ。

「母さん」階段を駆け上がって廊下を速足で駆け抜け飛びこんだ。

ベッドに寝転んだ母さんが僕を見て、「あれ？」と言った。呆けた顔だった。

「どうしたの、亨」

「どうしたって」

僕は息が切れていた。

母さんは頭に包帯を巻いて点滴を打っていたが、それ以外はいたって健康に見える。

勢いが急速にしぼんで、初めて全身に気怠さを感じた。止まった途端に汗が噴き出した。

「だって、熱中症で倒れたって聞いたから」

「ああ、そう、うん。軽い熱中症だったのよ」

「軽い？」

ドアを閉めた。手狭な個室にあるのは、母さんのベッドだけだ。部屋の隅には薬品棚が佇んでいる。鼻を刺す消毒液の臭い。白くて薄そうなシーツ。まるで、クロスクリーンで区切られた保健室そのものだ。

「軽いって、その頭はどうしたの？」

「くらっとしたときに打っちゃって」母さんはゆっくりと起き上がり、包帯を指した。「ちょっと切っちゃったのね」

「大丈夫なの？」

「うん。でも一晩だけ入院する。さっきＬＩＮＥ送ったんだけど」

尻ポケットからスマホを取り出す。手汗で滑った。服で手を拭いてスリープを解除すると、通知が一件。ついさっき、五分前に入っている。熱中症で倒れたこと、頭を打ったこと、一晩だけ入院するから着替えを持ってきてほしいこと。

「着替え、持ってきてないよ」

「なんでわかったの？　あ、電話ね？　石橋《いしばし》さんかしら」

石橋が誰かは知らないが、母さんの同僚か誰かだろう。あの電話をかけてきた人かもしれない。

「あの人、大げさなところがあるから」

「大げさって、大したことないの？」

「うん」

なんて迷惑だ。仕事の基本は報連相《ほうれんそう》だろ。しっかりしてくれ。

体に熱がこもっている。流れてくる汗を手の甲でぬぐうと、母さんが白いタオルを僕に差し出した。

「ごめんね、亨。明日には戻れるから。着替えは適当に買うわ」

両手を顔の前で合わせた母さんは、本当に申し訳なさそうだった。

仕事のしすぎ、無理のしすぎだ。それくらい自分で管理しろよ。大人なんだから。

言いかけた文句を呑みこみ、僕は「わかった」と応えた。タオルで汗を拭く。なかなか治まらない。馬鹿みたいだ。

だいたい、妻のピンチに駆けつけるのは夫の役目だろ。それを、あいつが死んだから、僕が代わりに駆り出されて。

無性に腹が立った。解消の仕方もわからない。

とんぼ返りとはこのことだった。


帰りのバスを待つ時間は長く感じる。

病院前のバス停の待合室は、木製の簡易的なものだったが、人気《ひとけ》がなく風通しが良くて助かった。今日は特別に暑い。座っているだけで鼻の頭が痒《かゆ》くなってくる。暑さを紛《まぎ》らわせたくて暇潰しにスマホを弄るものの、特にすることもない。あのパズルゲームは飽きてアンインストールしてしまった。意味もなくＬＩＮＥを開く。

遠藤とのＬＩＮＥは止まったままだ。正直、気まずい。顔を合わせているわけでもないのに、名前を見ただけで気が引ける。

『山椒魚』を持ってくればよかった。

あんなに慌てた自分が情けない。大事じゃないのに誇張した電話の人も、熱中症に罹《かか》った母さんも、もっと周りを考えるべきだ。人に迷惑をかけるのだけはやめてほしい。

生温い風が吹いた。湿気と熱がまとわりついてくる。

スマホをスリープにして顔を上げた。

二車線の道路を挟んだ向かいのバス停に、女の子がひとり座っている。何気なく眺めていた僕は目を細めた。

「小崎？」

女の子は茶色の長髪を束ねている。顔はわからない。ずっと俯いて、目元を手でぬぐっている。泣いているように見えた。その子の隣に並んだリュックサックは、パンダ柄の、見覚えがあるものだった。

僕はスマホを開いてＬＩＮＥのトークルームに入った。小崎との個人チャットだ。何か文字を入力しようとしたが思いつかない。もう一度、女の子を見る。

小崎に見える。たぶん小崎だ。小崎じゃなかったら誰なんだろう。あれは小崎だ。

再びスマホの画面を見る。

悩んで、『自由研究、進んでる？』と打ちこんだ。ポンと送信する。女の子が一瞬だけスマホを見た。

やっぱり。

そのとき、エンジン音と共にバスがやってきた。行き先は駅。僕が乗るべきバスだ。逡巡したが、乗りこんだ。客はほとんどいなかった。

冷房に熱が奪われていくのを感じながら、窓から向かいのバス停を見る。小崎はやはり泣いている。

僕が座席に落ち着くと同時に、発車します、とアナウンス。バスが動き出した。

家に帰る頃には、あたりは夏の夕暮れを迎えていた。僕はコンビニで弁当を買い、ワークをしながら夜を迎えた。登校日は明日だった。意地で終わらせる。

スマホに通知が入った。母さんだった。ごめんね、と謝る猫のスタンプ。返信はしない。

続けて通知が入った。小崎だった。

『進んでません』『いまちょっと、難しくて』

自由研究は自由課題だ。提出の締め切りは始業式。まだ余裕はある。

トークルームを開いて、メッセージを打ちこむ。

『そうなんだ』

少し迷って、

『クラゲ、呼んでる？』

『呼んでます』

間髪入れずに返ってきた。

『いま、呼んでます』『心の底から呼んでます』

小崎のアイコンを見つめる。クラゲのイラストだ。

何があったのか、どうして泣いていたのか、どうして病院にいたのか、何か起こったのか。顔の見えない、抑揚のない、文字だけのやり取り。彼女の感情がわからない。

自由研究が進まなくてもクラゲを呼ぶ理由はなんだろう。どうしてクラゲなんだろう。なんでそこまでクラゲに降ってほしいんだ、降らせたいんだ、呼びたいんだ。

小崎。

『がんばって』

それだけ送信した。

所詮、僕には関係のないことだ。

『がんばります』

普段ならスタンプやビックリマークを使う小崎が、淡々とした言葉だけ返してきた。僕は『じゃあ、また明日』と送信してスマホをスリープにする。明日は月曜日。司書室で会える。

夜十一時。ぐっと伸びをして、何気なくベランダのカーテンを開けた。いつも見えるビル明かりがない。ガラス戸を開けると、どうやらうっすらと霧が出ているらしかった。昼間とは打って変わって気温も下がっている。霧が出た翌日は、確か、晴れ。明日が暑いのは確定だ。げんなりする。戸を閉めてさっさと風呂に入った。

明日は久々の早起きをしなければならない。加えて母さんもいないのだ。朝ごはんは作れないし、買うのも面倒なので、抜いても構わないか。

ワークが終わった安心感を抱いてベッドに寝転び、タオルケットを腹にかぶせる。バス停の小崎が思い出されたが、溶けるように消えていった。

霧が出ているせいか涼しい。すう、と胸を張って酸素を取りこみ、目を閉じた。

その日の夜、クラゲが降った。

10

登校日がやってきた。今日から文化祭の準備が始まる。

峯山高校はそれどころじゃなかった。峯山市もそれどころではなかった。誰もが開口一番、同じことを言った。

「クラゲ」

ある人は眉をひそめ、ある人は気味悪がって、ある人は苦笑で、ある人は口にするのも憚《はばか》られるように。

「クラゲが降ったね」

クラゲが降った。峯山市だけに、クラゲが降ったのだ。

朝。目覚ましのアラームに苛立ちながら起きた僕は、母さんからのＬＩＮＥでそのことを知った。

半信半疑でベランダに出て、手すりに引っかかっていたクラゲに驚き、脳の処理が追い付かず、とにかくスマホで写真を撮った。

『クラゲ図鑑』で見たアカクラゲに似ていた。同じ種類かどうかは判断しかねたが、傘の模様はアカクラゲで、その大きさは十五センチ定規と同じくらい。触手がでろんと伸びている。そういえば、アカクラゲは触手が長いのが特徴だったっけ。ぼんやり考える。

クラゲが降った。

小崎が、呼んだ、のだ。

クラゲ乞いが、天に届いた。小崎がクラゲを降らせた。

まさか。

テレビを点けると、朝のニュースで取り上げられていた。

まさか。いや、でも、クラゲは降った。嘘じゃない。現実だ。小崎が呼んだ。呼んでみせた。

腹の奥底から何かがこみあげてきた。学校は休校になるのだろうか。連絡はない。行こう。司書室に行かなければ。

道路に点在しているゼリー状のゼラチン質を避けて、自転車を漕《こ》ぐ。ときどき踏んでしまったが、どうにか学校にたどり着いた。

教室まで階段を駆け上がって、リュックサックを自分の机の上に置く。

「クラゲ」「クラゲが」「クラゲに」「クラゲを」

クラスのあちこちで「クラゲ」という単語が飛び交っていた。ある人は目撃談を英雄譚のように話し、ある人は禁止されているはずのスマホを見ながら、ニュースを友達と共有している。

教室を後にした。小崎のクラスは知らない。まずは図書室へ向かう。

朝の図書室は静まり返っていた。熱気がむわりと籠《こも》っている。司書室を覗くと、芝田先生がいた。

「おはよう、越前くん」

「はよざいます」

室内を見渡すが、先生しかいない。

「誰も来てませんか」

「さっき小崎さんが購入予約の本だけ書いて、用事がある、って出ていったけど。どうしたの？」

なら、たぶんあそこだ。

「失礼しました」

早口で告げてドアを閉めた。

廊下を走り、人気のない階段までたどり着く。一呼吸置いて上った。最上階のドアを開けると、やはり彼女はそこにいた。

「小崎」

屋上の真ん中に立っている彼女へ声をかける。小さな肩がぴくりと動いたが、こちらに背を向けたままだ。

「クラゲ、降ったね」

僕は声を大きくして投げかける。

「空から降ってきたんだろ。今日の未明のことだって、ニュースで言ってた」

小崎は僕に背を向けている。何も言わない。

「クラゲって降るんだな。まさか、本当にこんなことが起こるなんて、信じられない」僕は踏み出した。「どうやって呼んだの？　いつもみたいに叫んだ？　それともテレパシーを送った？　特別な交信術？　まさか黒魔術？」

手を伸ばしても届かない距離で、小崎が半分だけ振り返った。僕は立ち止まる。

「……小崎が呼んだんだろ？」

小崎は小さく頷いた。弱々しい作り笑いは、暗い。視線は斜め下に落ち、身体も別の方向を向いたまま、僕を真正面から見ようとしない。

どうして。念願のクラゲが降ったというのに。

「すごいよ、小崎」

何かを言わなければ、と、言葉が口をついて出た。

小崎はゆるゆると首を振った。「すごくないです」

まだ、足りない。何か言わないと。「奇跡を起こしたんだ。すごいって」

「すごくないです」

「ちゃんと呼んだ。クラゲ乞いは成功した。すごいよ！」

「でも遥は死んだ」

小崎から感情が消えていた。茶色の頭の上から彼女が凍っていくようだった。何もかもが抜け落ちて、中身がまったくなくなってしまった。

「死んじゃった」

小さな口から丸い息が言葉と一緒に零れていく。ぷかぷかとした泡みたいだった。吐き出されて弾けて消えた。彼女の眉は目に平行で、口も平行だった。表情筋を動かさないまま、じっと、沼の底のような瞳で僕を見つめている。

「全部、無駄だった」

息を呑んだ。なんだその顔。クラゲが降ったというのに、いつもの小崎はいなくなってしまった。そこに立っているのはがらんどうの身体。冷たくなった抜け殻《がら》だ。

「……小崎」

「わかってます」

か弱い声が応えた。それは確かに小崎の口から出たのに、まるではるか彼方から風に運ばれて届いた、最期の呼吸みたいだった。

「わかってます。わたし、ずっと、クラゲを呼びたかったんです」

知ってるよ。知ってる。必死にクラゲを呼ぶ小崎の背中を思い出す。晴れ上がった空に向かって両拳を突き上げ、願望をありったけの心で叫ぶ。

来い！

クラゲ、来い！

降ってこい！

ここまで来い！

クラゲ！

僕は嬉しくてたまらなかったはずなのに、上からクレヨンでぐちゃぐちゃに塗り直されてしまったような、名状しがたい感覚に陥《おちい》っていた。

クラゲが降った。小崎の努力だ。願いが呼んだ奇跡だ。

言えない。声が出ない。喉の奥で空気の塊がつかえている。

「世界中に迷惑をかけたかったんです」

小崎が彼方を見た。ビルと山と住宅街が、熱に侵されて揺れている。

「テロだ。これはクラゲテロだったんです。でもできなかった。クラゲは降っただけだった。無駄だった」

理不尽なんだよ。

矢延先輩の言葉が点滅する。

理不尽に対抗する手段さえ、理不尽なんだ。

目の奥でストロボが瞬く。

だからあの子はクラゲを呼んでいるんだよ。

閃光が前頭葉を焼く。

理不尽なのは何だ。世界だ。対抗しているのは誰だ。小崎だ。手段は何だ。何だって理不尽だ。

勝ち目なんて、端《はな》からなかった。

「世界は案外、強かった」

風が吹いた。強風だった。小崎の言葉だけが、荒れ狂う空気のなかで、セミの重なる独唱のなかで、浮き上がって聞こえた。

「わたしが思っているよりわたしは非力で、世界は強かった。普通に回ってる。クラゲが降っても、ちょっと騒ぐくらいで」

ふ、と笑みが零される。

「クラゲを降らせることに、意味なんてなかった」

小崎は僕を見た。目には光が戻り、顔には表情が戻っていたけれど、それは僕の知っている小崎ではなかった。見たこともないような悲しい笑みを浮かべて、いまにも泣き出しそうで、むりやり口角を上げて、眉は下げたままで、小崎は肩をすくめた。

「もういいんです。これでわかった。敵の強さが。わたしのことが。わたしは、弱い」

小崎は歩き出した。僕に向かってきた。すれ違った。突っ立ったままの僕は動けない。背後で屋上のドアが閉まる音。風が荒れ狂っている。

なんだ、それ。

屋上から教室に戻る途中で、「おい」と声をかけられた。

下田だった。坊主頭でよく日に焼けていた。後ろには遠藤がいる。探るような目つきで僕を見ている。

「越前だよな」下田は怒気をはらんでいた。「おまえ、俺に言うことあるだろ」

「ないよ」

「ふざけんな」

胸倉を掴まれた。周囲の生徒が僕らから距離を取る。

「離せよ、痛いな」

僕は乱暴に手を振りほどいた。僕だって苛々していた。

「問題は僕じゃなくて口の軽い遠藤だろ」

「亨、そんな言い方、」遠藤が一歩出る。

「いい加減にしろよ」下田がさえぎって叫んだ。「なんでおまえなんかに邪魔されなくちゃならないんだよ。本気だったんだぞ」

向けられた憤怒を突き放して、僕は「勝手に怒ってろよ」と背を向けた。

「最低だよ、おまえ」

下田の叫びが廊下に響く。

「最低だ！」

教室から生徒が顔を覗かせる。何事だ、と興味津々だ。先生が「どうした」と下田に駆け寄っていくのが見えた。

最低はどっちだ。廊下で大声なんて上げて、人の胸倉を掴んで。それに遠藤だって。

　クラスに戻って席に座る。関岡は来ていなかった。


「とんだ騒ぎねぇ」

　放課後の司書室で芝田先生が言った。

　僕は一瞬、下田のことかと思ったが、「クラゲ」と先生が続けたので「ですね」と応えた。

「不思議ね。クラゲが降るなんて」

　窓の桟《さん》に引っかかっているアカクラゲを眺めつつ、芝田先生はお茶を飲んだ。先生のマイボトルは落ち着いた抹茶色だ。

　肝心の小崎はいなかった。

　僕は『山椒魚』の返却手続きをしていたのだが、返却登録で何度もエラーが出てしまい、手こずっていた。とうとうピーと電子音が鳴り、デスクトップに〝はじめからやり直してください〟と表示される。

「どうしたの？」

芝田先生が立ち上がり、画面を覗きこんだ。

「ああ、これは、ここのチェックが外れてないのよ」

チェックボックスを外して再貸し出しを行うと、すんなりできた。たったこれだけのことなのに。片手で頭を掻きむしる。

虫の居所が悪い。朝からずっとだ。小崎に会ってから、下田に胸倉を掴まれてから、遠藤を見てから、苛々している。どうして僕が苛々しなくちゃならない。おかしいだろ。

事務処理を終えてリュックサックを背負った。芝田先生が「お疲れ様」と言ったので、軽く頭を下げる。

家に帰り、冷房を入れ、ソファに寝転んだ。テレビを点けるとニュースがやっていた。映っていたのは峯山市でいちばん大きな駅のロータリーだ。

『ご覧ください。これがクラゲです！』

リポーターが興奮気味に地面のタイルを指した。形の崩れたクラゲが映る。

『不思議なこともありますね』

コメンテーターが意見を述べた。

スタジオにはボードが用意されていた。キャスターがそれを使って詳細を話し始める。

クラゲが降ったのは、今朝の午前四時過ぎのこと。夜更かしをしていた誰かが気づいたらしい。警察に一報が入ったのと、Twitterで写真が拡散されたのがほとんど同時だったようだ。警察は電話を受けて「何を言ってるんだ」と外に出て、その光景に目を疑ったという。

『空から降ってきたんですよ!』

挿《さ》しこまれた映像で、インタビューを受けた大学生がまくし立てた。

『昨日は霧が出てたんで、最初は雹《ひょう》か何かだと思ったんです。でも地面にぶつかってべちゃりと潰れたんで、おかしいな、と。よく見たらクラゲだったんで、もう、びっくりしました』

べちゃりと潰れた。登校途中に見たクラゲは、そんなものばかりだった。空の上にいる神様がやつあたりでクラゲを地面に叩きつけた。まるで、クッションを壁に投げつけるように。べちゃ、べちゃ、べちゃ。降り続けたクラゲは、陽が昇る頃にぱたりと止んだ。明け方の薄明かりに照らされたアスファルトには、アカクラゲの死骸が所せましと散らばっていた。

『こちら、もっと状況がわかる写真です』

スタジオのボードには、学校の近くにある池の写真が貼られている。周辺は雑草で荒れ放題。その水面に所せましとクラゲが浮いている。そういえば、学校のプールも同じような具合になっていた。

『すごい光景ですね』ゲストの女性タレントが言った。『気持ち悪ーい』

『こういう現象は、昔から世界各地で起こっていましてね』

サングラスにスキンヘッド、肥《こ》えたオカルト雑誌の編集長がにやけながら述べた。

『海の怪物による怪奇現象、なんて可能性も』

『いやいや、ないない』

スタジオが笑いに包まれる。おもしろおかしい都市伝説みたいな扱いだ。

『ファフロツキーズ現象でしょうね』

編集長の隣に座る、眼鏡をかけた気象専門家が苦笑気味に口を挟んだ。

『ファフロツキーズ現象？』

一同が首を傾げるスタジオで、唯一オカルト雑誌の編集長だけが頷いている。

気象専門家は、過去に空から魚が降ってきた事例を挙げた。

竜巻《たつまき》や強烈な上昇気流で巻き上げられた魚が、数キロメートル離れた場所に落ちてくる現象。それがファフロツキーズ現象だと言う。

『峯山市のクラゲも、それのひとつだと思います』

違う。

あのクラゲは、小崎が呼んだんだ。

いくら科学的な説明をされても信じられなかった。そもそも峯山市は海に面していないし、近頃、海が荒れるほどの悪天候はなかった。この近辺で魚が降ってきたこともない。あれは小崎が呼んだ。ずっとずっと呼び続けてきた。その努力が実を結んだ。

けれど。

テレビを消して、ＬＩＮＥを開く。小崎とのトークルームだ。

『木曜日、図書室、行く？』

それだけ送信した。既読はなかなか付かない。無視されている。苛立ちながら目を閉じる。

世界中に迷惑をかけたかったんです。

瞼《まぶた》の裏で空っぽの小崎が言う。僕を映さない瞳。迷惑をかけたかった、って、なんだ。どういう意味だよ、小崎。

迷惑をかけたかった。

重なるように、頭の奥で別の声が響いた。

迷惑かけてごめんな。

残りかすみたいな声で、蘇ってきた光景はセピアだった。それだけでさらに腹が立った。

些細なきっかけで簡単にぶり返してくる言葉。幼い頃に、空中を漂う雲みたいに発せられたもので、しかしそれは、雲は雲でも雷雲だった。僕に届いた瞬間ピカリと光って稲光が走り、僕の身体と心に麻痺《まひ》を引き起こした。

呪いだ。呪いの言葉。父さんが僕に向けた懺悔《ざんげ》。

「迷惑かけてごめんな、亨」

真っ白なベッドの正面に立った僕は、父さんの言葉に固まっていた。

僕は小学三年生で、暖房の入ったあたたかな病室にいた。あの刹那《せつな》だけはいつまで経っても褪《あ》せない。

零された懺悔を理解した瞬間、足元から冷風が背中を駆け抜けて、わけもわからず恐ろしくなって、叫びそうになった。視界があっという間ににじんでボロボロ涙がこぼれて、でもその涙は拭われないまま、運動靴の上に落ちていった。

母さんはいなかった。ナースセンターか、医者のところか、買い物か。とにかくどこかに行っていた。

父さんは掠《かす》れた声で続けた。

「ごめんなぁ、亨。迷惑かけたよなぁ」

うわ言のようだった。寝ぼけているようにも見えたし、耄碌《もうろく》のようにも見えた。ず、と洟をすする音。起き上がったベッドに体重を預けたまま、父さんは僕を見つめていた。父さんも泣いていた。しわだらけのその目元から、涙が零れていた。

迷惑かけてごめんな。

ごめんな、迷惑かけたよな。

同じ言葉を、順番を入れ替えて言っただけなのに、痛みを伴って刻みこまれた。まるで杭を打たれたようでもあるし、熱い金属の型を押し付けられたようでもあるし、火傷のただれた痕《あと》のようでもある。針金でがんじがらめにされたようでもあった。

迷惑をかけられた憶えはなかった。父さんの看病も、放課後に病院へ行くことも、僕は進んでやっていた。でも、父さんにとってそれは謝るべきことだったのだ。どうして。

迷惑ってなんだ。どういう意味だ。

本当に謝ってほしいのはいまだ。

現在進行形で父さんは迷惑をかけ続けている。売れない本を作り、母さんと僕に苦労をかけた。開かずの本棚は家の隅で生きているし、『未完成本』はあるし、小崎の口から父さんのペンネームが出るたびに吐き気がするし、呪いの言葉がずっと背骨の隣に居座って僕を惑わせる。邪魔で仕方がない。

父さんも母さんも小崎も矢延先輩も遠藤も下田も関岡も、誰も彼もが僕にとっては迷惑な存在だ。僕をこんなにも苛立たせる。

世界中に迷惑をかけたかったんです。

小崎の生気のない声がこだましている。腹が立つ。

ソファに拳をめりこませた。言葉にならない呻《うめ》きを上げる。いまにも暴れだしたかった。何かを蹴飛ばしたかった。全身に力が入って身体が邪魔だった。

11

翌日。

ベッドから這い出て、母さんが作った朝ごはんを食べて、文化祭の準備のために学校へ向かった。

僕のクラスの出し物は脱出ゲームだ。空き教室を使って行うことになった。本格的なものにしよう、とみんな息巻いている。かったるいが、手伝わないとクラスで浮くので、僕は黙って登校している。

遠藤が僕のクラスの前で待っていた。

「亨」

通り過ぎようとして、腕を掴まれた。

「亨、昨日のことだけど」

腕を振り払い、無視して教室に入る。

やはり関岡はいない。停学処分でもくらったのかもしれない。関岡がいないから気を遣う必要もなく、クラスの雰囲気は軽い。

「亨！」

教室の入り口で大声が上がった。クラスが静まり返った。みんなぽかんとした顔で、叫んだ遠藤を見ている。

遠藤は僕を見ていた。怒っているような、でも辛そうな顔だった。

「ちょっといいか」

硬い声だった。

僕はしぶしぶ立ち上がり、廊下に出た。遠藤に付いて行く。遠藤は無言で渡り廊下まで進み、立ち止まって僕を向いた。いつもは忙しない口を一文字に結んでいる。

夏休みの間は使われていなかったのか、渡り廊下は普段よりほこりっぽくて人気もなかった。僕らの間に漂う空気も相まって、ますます湿っぽく感じられる。

「何？」嫌悪を隠さずに尋ねると、

「俺、謝りたくて」

「謝る？　誰に」

「亨に。ごめん」

遠藤の頭頂部が僕を向いた。

「おまえがばらしたことを、下田に言ったから。ごめん」

「……それは、」

彼はときどき突拍子もないことをする。僕の予想を大幅に超えて、僕の知らない常識を引っ張り出してくる。それは誰に強いられたわけでもなくて、彼のなかで彼が作った彼独自のルールのせいだ。

言葉を継げないでいると、遠藤が「俺さ」と顔を上げた。遠藤の目線は落ちたまま、合わない。

「俺、いまBチームなんだよ、サッカー。いいプレーができないんで、降格になった。下田はAチーム。だから、おまえが小崎ちゃんに下田のことを言ったって気づいたとき、嬉しくなった」

遠藤は真剣だった。とつとつと事実を一方的に並べていく。

「ざまあみろって思ったんだよ。下田、ざまあみろ。そのまま落ちこんで降格しろ、って。けど、そんなことを思う自分も嫌で、だから、亨が小崎ちゃんにばらしたことを下田に告げ口した。俺は下田のことを応援するつもりなんてなかったのに、俺だけが嫌なやつになりたくなくて、応援するふうを装った」

先輩が応援してくれるから、諦めないで頑張れます。

小崎の声がぐわんと頭を揺らした。いつのことだったか。彼女は応援されていると思っていた。僕はそれに呆れた。呆れたのに、応援していなかったのに、小崎がクラゲを呼んだ途端、嬉しくなった。

「そりゃ、小崎ちゃんに下田のことを言っちゃうおまえも悪いよ」

遠藤の声が遠くに聞こえる。

「でも、俺にも悪いところがあって、それでおまえが傷ついていたら申し訳ないからさ」

だから、と彼はまた頭を下げる。

「やつあたりしてごめんな。またLINEしてくれると嬉しいし、俺、おまえとは親友でいたいんだ。おまえがそう思ってなくても」

恥ずかしくなったのか、それだけ言い残して遠藤は「じゃあ」と去っていった。僕は渡り廊下に取り残された。

やつあたり、という言葉がぐにゃぐにゃの文字になって、頭の裏側を浮遊している。

小崎がクラゲを呼んだ。僕はそれを称えに向かった。小崎は喜んでいなかった。僕は苛立っている。

ソファを殴った拳。

僕の期待通りではなかった小崎。

やつあたり。

背筋が震えた。

小崎、違うんだ。僕は。

チャイムが鳴った。はっとして顔を上げる。窓の外、夏空が見えた。教室では文化祭の準備が始まっていることだろう。

僕はその足で屋上へ向かった。

小崎はいなかった。夏の深い青は底のない海のようだった。雲ひとつなく、世界を呑みこもうとしていた。上下が逆さまになって、僕は天空へ向かって落ちていく。意識だけが抜けていく。

小崎の夢を応援なんてしていなかった。軽蔑《けいべつ》すらしていた。

違うんだ。僕は。

僕は、なんだ。

ぼうと頭に熱を感じる。

やつあたり。

腹の奥のわだかまりが、絡まった針金のようなものが、すうと消えていく。代わりに氷が滑り落ちてきた。横隔膜《おうかくまく》のあたりから血が下がっていくのがわかった。

小崎は、クラゲを呼んでも意味がなかったと言った。せっかく呼んだのに、目的が達成されたのに、どうしてそんな反応をするんだ、とか、違うだろ、喜べよ、なんて。

僕は一度も本気で小崎の夢を応援しなかった。都合よく話を合わせ、頷き、馬鹿にした。頭のおかしな子だと、不思議ちゃんだと、鼻で笑った。だのにクラゲが降ったたら味方になって、それまで期待していなかったくせに、求めた反応がなければ怒っている。

勝手に馬鹿にして期待して裏切られて目の前で諦められて、それに対して苛立ちを伴った疑問を抱くのは、僕の我儘だ。

遥という少女のことも知らぬまま、興味も持たないまま。

「ごめん」

誰もいない屋上に謝罪が落ちた。まったく意味のないことだった。小崎が弱いというのなら、僕はなんだっていうんだろう。

「ごめん、小崎」

空を見上げる。汗の粒がこめかみを伝って流れる。首の裏にも汗がにじむ。うだるような暑さ。セミの共鳴しない大独唱。世界の焦げる音。目の奥が、頭の奥が痛い。太陽がまぶしい。

顔を下げた。自分の影が落ちた足元が見える。履き倒した上履き。

昨日に降ったクラゲは、干からびた状態で屋上のあちこちに散らばっていた。バラバラになっているものもあれば、溶けているものもあった。

峯山市に降ったクラゲは、車に轢《ひ》かれ、靴に踏まれ、ビニール袋に片づけられ、ゴミ置き場に積まれ、やがて廃棄される。いまも回収活動が続いている。学校のプールにも業者が入っている。池だってきっと、すべてのクラゲが回収された。

憐《あわ》れだった。

どうしようもなく、何もかもが、憐れだった。

教室に戻ると、みんなが一生懸命に装飾品作りを進めていた。ゲーム班は脱出ゲームに使えそうな謎解きを考え、広告班はチラシやポスターの原案を練っている。シナリオを考えている班もある。僕は当日スタッフなので、シフトや客の動かし方を話し合うことになっていた。

「越前、どこ行ってたんだよ」

クラスメートが手招きする。話し合いに参加したが、どうしても身が入らなかった。そんなことより小崎に会いたかった。小崎に謝りたかった。またクラゲを呼んでほしかった。屋上であの背中を見せてほしかった。

けれど僕は小崎のクラスを知らないし、小崎を訪ねるようなこともできない。

放課後になって屋上に寄った。誰もいなかった。希望は半分打ち砕かれて、半分は明日への期待に回した。

ＬＩＮＥの既読は付かないまま、木曜日を迎える。


昼休みの司書室には矢延先輩がいた。

僕は無人の屋上に寄った後だった。

先輩は最難関レベルの参考書を片手に、事務イスに座っていた。

「おはよう、越前くん」

もう昼時だったが、僕もつられて「おはようございます」と返す。「あの、」

「優子ちゃんなら来ないよ」

先輩は参考書を読みながら言った。僕には一瞥《いちべつ》もくれないし、取り付く島もない。

今日は木曜日なので、当番は僕と小崎だ。僕には司書室にいる権利がある。長テーブルにリュックサックを置いた。

「小崎、何か用事があるんですか？」

「さあ。でも、昨日と一昨日と優子ちゃんは忙しかったみたいだから。今日も何かあるんじゃないの？」

遥は死んだ、と小崎は言った。

「葬式ですか」

「……知ってたんだ」

先輩は顔を上げず、「意外」と付け足す。どことなく刺があった。

「越前くん」

「はい」

「なんで優子ちゃんに会いたいわけ？」

僕は口をつぐみ、「用事が」とだけ言った。

「言っておくけど、謝られても嬉しくないと思うよ」

先輩が言った。

僕は迷った。

「クラゲ、降りましたね」

矢延先輩は「降ったね」と言った。「降ったけど、それだけだった」パタン、と参考書を閉じる音。先輩はてんで違う方向を見ながら、平坦な声を出す。

「謝りたいの？」

「え？」

「さっき、否定しなかったでしょ」

「……はい」

「越前くんはさ、無関心で自分勝手だよね。謝りたくなったから謝るけど、そこに相手の感情はないじゃん」

先輩は僕を見ない。僕は黙った。言われる覚えがあったし、欲しくない謝罪がもたらす弊害《へいがい》を知っている。

「無関心であることは、人に優しくできないということだ。自分勝手であることは、感情の矛先を間違えるということだ。優しさの本質は他者への興味だ。——って、あたしの好きな作家が言ってた。悪いけど、きみといまのあの子を会わせたくはない」

僕はまだ黙っている。

先輩は横目で僕を見遣った。

「さっき優子ちゃんがここに来たよ。図書委員の事務処理を全部終わらせて、帰ろうとした。無言で、無表情で。去り際にあたしは訊いた。クラゲ、どうする？　って」

僕はそっと口を開いた。

「小崎、なんて言ってました？」

「もう呼ばない、ってさ」

先輩は参考書を開き直した。右手に蛍光ペンを持ち、

「そういうことだから、今日のきみに仕事はないよ」

家に帰ってLINEを開いたが、小崎からの返信はなかった。代わりに遠藤からメッセージがあった。

『下田も悪いやつじゃないんだよ』『あいつ、本気で小崎ちゃんのことが好きだったんだと思う』『たぶんだけど』

僕はその文章を読み返し、トークルームをさかのぼった。

『俺って嫌なやつだよな』

その文章を、何度も、何度も、繰り返し読んだ。

ダイニングキッチンの隅で、開かずの本棚が布を被ったまま僕を見ている。父さんが残した本棚。高校生の頃の父さんが集めた本。死んだ後も残って、僕に迷惑をかけっぱなしだ。

迷惑かけてごめんな。

父さんの呪いの言葉が、骨の髄まで染み込んでいる。言葉はまだここに生きている。しぶとくて嫌になる。

目を閉じた。暗闇が欲しかった。強く閉じた。関岡の頬のガーゼを思い出した。遠藤の頭頂部を思い出した。矢延先輩の凛とした声、胸倉を掴んで叫んだ下田、小崎の背中。

世界中に迷惑をかけたかった。

彼女の本音が耳の奥に刺さっている。

もう呼ばない。

僕は。

そして僕はまた、誰もいない屋上にいた。

金曜日の朝のことだった。

僕はリュックサックを下ろし、屋上の真ん中へ向かっていた。クラゲは跡形もなかった。日差しは相変わらず容赦《ようしゃ》ないし、無風だし、空気は熱を含んでまとわりついてくる。一歩進むごとに汗がにじむ。空を見上げると、雲ひとつない、真っ白な太陽が爛々と照る青い世界が広がっていた。

目元に手で影を作り、まっすぐ向こう側を見つめる。遠く彼方、空の向こう側。

頭のなかで先輩が言った。優しさの本質は他者への興味だ。頭のなかで小崎が言った。クラゲを呼びたいんです。遠藤の言葉も、下田の言葉も、反響している。

僕は両手を広げた。目を閉じて、息を吸い、息を吐く。

僕のなかで、小崎は正しかった。

たぶん、何よりも正しかった。

呼び方がわからなくても、失敗を繰り返しても、最後の最後で呼んでみせた。クラゲを降らせてみせた。

クラゲテロは起こせなかった。峯山市に降ったクラゲは邪魔者扱いされ、怪奇現象ともてはやされ、ネット記事の餌食《えじき》にされて終わった。小崎が起こしたかったのはテロだ。反乱だった。クラゲを使ってたくさんの人に迷惑をかける。だから有毒の禍々しいクラゲを望んだ。そしてクラゲは降った。呼んでみせたのだ。

あの小さな背中は何よりも強かった。迷惑をかけたいという動機も、きっと僕にとって意味のあるものだった。

息を吸いこんで、静かに唱える。

来い。

クラゲ、来い。

降ってこい。

ここまで来い。

クラゲ。

瞼を透かして光が飛び込んでくる。淡い日光のなかに小崎の背中が映る。細い腕をいっぱいに広げ、両足を開いてぐっと踏ん張り、空へ向かって叫んでいる姿。必死に、刹那を懸命に生きるように。

来い！

クラゲ、来い！

降ってこい！

ここまで来い！

クラゲ！

甲高い声をさらに裏返して、長い茶色の髪を風になびかせて、スカートの裾を揺らして、ちっぽけな体をこころにしていた。全身で呼んでいた。

もう呼ばない、ってさ。

矢延先輩の声に小崎がかぶる。弱々しい笑みを浮かべた小崎が、司書室のドアの前で、こちらを見て言う。

もう呼びません。クラゲは呼びません。これきりです。

クラゲは降る。きっと、何度だって降る。

次は僕の番だ。


帰りに市立図書館へ寄って、一冊だけ本を借りた。

『クラゲ図鑑』だ。

12

九月に入って、二学期が始まった。

一日だけ準備の日を挟み、水曜日から三日間は文化祭だ。クラゲが降ってあっという間の二週間だった。

月曜日の司書室は静まり返っていた。

あれから小崎とは会っていない。今日も鉢合わせないように図書当番をこなした。

矢延先輩とも、あれから一度も話していない。僕の方から避けている。

ヒグラシの鳴き声と温い空気のなか、自転車を漕ぐ。西の空は燃えていた。秋をにおわせる夕焼けだった。

家に帰って夕飯を済ませ、自室で机に向かう。黙々と『クラゲ図鑑』を読み進める。


火曜日。『クラゲ図鑑』はなかなか手強い。写真や口絵が多いものの、専門的な内容も充実していた。

クラスは翌日から開催される文化祭に浮足立っていた。午前中は学活だった。明日の注意事項や最終日の片付け当番が割り振られていくが、誰も彼も真面目に話を聞いていない。

「おまえら、逸《はや》る気持ちはわかるけど、怪我《けが》だけはするなよ」

担任が黒板の前で仕方なさそうに笑った。

「まあなんだ、思いっきり楽しむことも大事だけどな。悔いのないように」

なんて付け足すあたり、生徒に好かれているだけある。

関岡はいない。彼女は始業式にも来ていなかった。クラスメートのひとりが半笑いで「少年院は免れたらしいよ」と言った。それ以外、誰も彼女の不在には触れない。

昼ごはんを済ませ、会場設営のために空き教室へ移動した。二階の教室だ。みんながわいわい言いながら謎解き表やアイテムを設置していくなか、僕は職員室へ向かった。整理券の配布係となった僕は、当日の運営の最終確認を担任としなければならなかったのだ。

職員室の前に着いたとき、関岡がドアから出てきた。

もちろん頬のガーゼはとっくに取れていた。いつもの制服にぼさぼさのセミロングだ。

関岡の後ろから、小酒井先生が顔を出した。

「微分のところ、復習しておきなさい」

「はい」関岡が先生に頭を下げる。「ありがとうございました。またお願いします」

関岡の片手には〝数学〟とネームペンで題されたノートがあった。質問をしていたのか、課題を教えてもらっていたのか。どちらにせよ勉強をしていたようだ。

周囲の生徒は準備で奔走していて、関岡に気づく余裕もない。廊下で立ち止まっているのは僕だけだ。

「それと、関岡」

小酒井先生のしゃがれた声が、帰りかけた彼女を呼び止める。

「また何かあったら、言いなさい。力になるから」

関岡の肩に力が入った。彼女はさっきよりも深く頭を下げた。

「ありがとうございます」

絞り出すように言うと、生徒玄関へ向かって行った。

小酒井先生は職員室へ引っこんでいく。これまでは痩躯に細い顔が妖怪のように見えていたけど、この瞬間はそんなふうに感じなかった。

見た限りは話を聞いてあげるなり、諭してあげるなり、何か手を差し伸べてあげるべきだよ。

廊下を行きかう喧騒《けんそう》の合間から、矢延先輩の台詞が浮き上がってきた。

それが目撃者の義務であり、この世で生きていくために必要なことなんだ。

小酒井先生は目撃者の義務を果たしたのだ。僕ができなかったことを、クラスの誰もができなかった、しなかったことをやり遂げた。

縮こまった関岡の背中を思い出す。

頭を振った。明日の最終確認をしないと。職員室に入り、担任を探す。

その間もずっと考えている。

水曜日。文化祭一日目。朝のうちに、『クラゲ図鑑』の第二章、クラゲの生態を読み終わった。

文化祭は初日から大盛り上がりだ。

脱出ゲームは、午前に二回、午後に三回の計五回が予定されている。それを三日間、謎を変えテーマを変えながら行うのだ。

僕は、教室前に設置した受付で整理券を配布しながら、遠藤のクラスはどんな出し物をするんだったかな、とパンフレットを開いた。遠藤は二年二組。演劇、と書いてある。公演日は今日の午後一時からだった。

茶道部は茶室でお茶会を開いているらしい。矢延先輩のクラスは知らないが、三年生は模擬《もぎ》店が多いので、そのうちのどれかだろう。

「昨日、関岡が学校に来てたらしいぜ。見た？」

隣に座るクラスメートが声を潜めて言った。彼とは一緒に整理券を配る当番だ。

「いや」僕はパンフレットを読みながら、首を振っておく。

「どれだけ学校が好きなんだよって感じ」彼は鼻で笑い、余った整理券を扇状に広げた。トランプをめくるように弄《もてあそ》ぶ。「正直、文化祭中は来てほしくないよな。体育祭も」

誰かから関岡に対する意見を聞いたのは初めてだった。間接的には耳にしていたけど、こうやって直接、来てほしくない、という言葉をぶつけられると、言われているのは彼女なのに、僕は何も言えなくなる。

「絶対、空気が重くなるって。俺らだって、万引きして警察に捕まった人とどうやって話したらいいかわからないし」

「……普通でいいだろ」

「普通って難しくね？　越前は前の席じゃん。困らない？」

「あまり考えてないけど」

「万引きって、するやつ結構いるよな」

彼は自分の手元に視線を落としながら、飄々《ひょうひょう》と言ってみせた。

「中学の同級生がさ、そいつ不良だったんだけど、万引きで補導されてた。越前はしたことある？」

「ないよ」

「一度も？」

「ない」あったとしても言うわけがない。僕はちらと隣を見た。「あるの？」

「実は、ある」彼は懐かしそうに笑った。「ガキの頃に、近所の駄菓子屋で一回だけ。めちゃくちゃ親に叱られた」

「やってるんだ」

「でも、小学生と高校生の万引きは意味合いが違うだろ」

僕が何も言わないでいると、彼は「ほら」と早口で付け足した。

「俺、その日はお菓子抜きでさぁ、腹が空いて空いてたまんなかったんだよ」

「ああ、まあ、あるよね、そういうこと」

「純粋な動機だよ、ガキだったから。怒った駄菓子屋のおばちゃんもめちゃくちゃ怖かった」

「そう」

適当に返事をしながら、もう一度パンフレットを読み返す。

「……関岡にも、何か理由があったのかな」

思ったことを口にすると、クラスメートは「さあ、どうなんだろ？」と肩をすくめた。

「あいつのこと、努力家ってこと以外よくわかんねぇよな。大人しいと思ってたら犯罪者になったしさ」

関岡が誰かと一緒にいるところを、僕は見たことがない。彼女はいつもひとりで机にへばりついて、これがなければ死んでしまう、というように勉強をしていた。

関岡はずっと、地獄にいたのかもしれない。僕が知らない、ひとりきりの地獄に。

そういえば、積み上げられたチロルチョコ。

「でも万引きはだめだ」

僕が言うと、隣のクラスメートは「そうだな」と恥ずかしそうに同意した。

たとえどんな理由があっても、やっていいことと悪いことがある。

怒った下田の顔が浮かんできた。次いで遠藤の頭頂部。

演劇は午後一時から。

「少しの間だけ外してもいい？」

クラスメートは快く引き受けてくれた。

僕は二組へ向かう。ドアは閉まっていたが、騒がしい声が漏れていた。

「遠藤」

ドアを開けて声をかけると、コスプレをした連中が振り返った。背中から羽の生えたワンピース姿の女子、ひらひらのスカートを穿いた男子、普段着の生徒がちらほら。劇の最終打ち合わせだろう。

遠藤は教室の後ろにいた。片手に台本、片手に点いていない懐中電灯、制服の胸元に〝照明！〟と手書きの紙を貼りつけていた。きょとんとした顔で僕を見ている。

やがて、周りに一言断って出てきた。

「どうした」

僕は頭を下げた。「ごめん」

「おう？」遠藤の困惑が頭の上に降ってくる。

「ごめん、遠藤」

嫌に恥ずかしかった。誰かに直接謝るのなんていつぶりだろう。ましてや冗談ではなく、真剣に謝るのは。

顔を見られたくないので、その姿勢のまま続ける。

「迷惑かけた」

それと、気づくのが遅くなった。

頼むぜ、親友！　なんて得意げに言ってみせた魂胆《こんたん》が不快だったから、下田の恋心を小崎に告げた。けど。

「やっていいことと悪いことがあった」関岡がそうだったように。「遠藤がやつあたりなら、僕だってやつあたりだ。ごめん」

「……うん、下田にも謝れよ、おまえ」

「わかってる」

僕はその足で三組へ向かう。遠藤も黙って付いてきた。

三組も劇のようだが、下田はスクールバッグを持って教室から出てきたところだった。これから帰るようだ。

「下田」

「……越前」

彼の顔には嫌悪が浮かんでいた。廊下は人の往来があったので、僕は邪魔にならないよう端に寄って頭を下げた。

「ごめん」

やはり恥ずかしさがあったが、許してくれた遠藤のおかげでましになっていた。

「酷いことをした。ごめん」

同じ言葉を繰り返してしまうが、言い訳はできない。僕が関岡のことを非難したのなら、僕だって非難されて当然だ。

下田は黙っていたが、「いいよ、もう」と硬い声で言った。

「俺、もうあの子のこと好きじゃねえし」

え、と顔を上げると、下田は頭を掻いて別の方向を見ていた。気まずそうだった。

「あの子、クラスでも浮いてる不思議ちゃんなんだろ？　後輩から聞いた。知らなかったからさ、もし知ってたら、」

彼はそこで言葉を切り、「俺こそ、胸倉を掴んでごめん」と軽く頭を下げる。

「じゃあ、練習あるから」

遠藤を一瞥して階段を下りて行った。

振り返ると、遠藤が驚いた顔をしていた。

「…………」

僕らは顔を合わせてちょっと笑った。

遠藤のクラスの演劇は、抱腹絶倒のコメディだった。

13

文化祭なんてあっという間に終わった。結局、僕は模擬店もお茶会も行けなかった。

週明けの月曜日から授業は通常に戻り、一時間目から五時間目、六時間目まで行われている。だが、文化祭が終わってもクラスは慌ただしかった。今週の土曜日に行われる、体育祭の準備のためだ。立て続けの行事で休む暇もない。応援団の声出し、横断幕の作製、バトンパスの練習。みんな高校生活を謳歌している。

関岡は授業にのみ参加して、体育祭の練習には顔を見せなかった。たぶん、本番も来ない。

クラスメートはもはや彼女に関心すら抱いていなかったが、僕はなんとなく、関岡は気を遣ってるんじゃないかな、と思っていた。自分がいたら空気が重くなるとわかっているのだろう。

月曜は図書当番だ。僕は先に仕事を済ませ、小崎が来る前に司書室を出た。そこに居座っている矢延先輩は何も言わなかった。僕も何も言わなかった。

『クラゲ図鑑』は第四章に入った。クラゲの種類別の章だ。カラー写真が一気に増えたけど、なかなか読み終わらない。

木曜日も小崎と会わないようにした。矢延先輩と会話もしない。帰宅して自室で『クラゲ図鑑』を開く。

小崎からＬＩＮＥの返信はない。

家に帰ってもろくに勉強しなかった僕が部屋にこもり始めたので、母さんの視線が生暖かいものになった。やめてほしいが、刺激すると悪化するので耐える。


金曜日になった。

体育祭の準備は大詰めとなった。最後のバトンパスの練習を終えて帰宅する。晩ごはんを食べて『クラゲ図鑑』を開いた。第七章、十文字クラゲ綱。ページとしては、全体の中間あたりだ。

ここまで読むと、クラゲという生き物についてわかってきた。

クラゲはやたら種類が多い。環境によって変化するので、種類も複雑だ。代表的な五種に分けられているものの、形状とか生息場所とか成長過程とか、わかっていないことだらけだ。自然界のクラゲは観察がしづらいし、飼育も難しいらしい。まだまだ未知の生物というわけだ。

それでも、進化の過程や新種や成長サイクル、湖にいるクラゲは毒がほとんど退化してなくなっていること、触手と口腕の違いもわかった。クラゲの区分、形態、生態、ひとつひとつを取りこぼさないように、しっかり学んでいく。

土曜を迎え、そして体育祭が終わった。

僕はリレーの走者だったが、バトンパスのミスもなく、誰に抜かれるわけでもなく、トラック一周を走り終えた。あとはひたすら応援だ。一日で終わる行事は素晴らしい。

九月も第三週目を迎え、やっと普段の生活に戻った、と思ったら、図書委員会で秋の読書週間が提案された。

「またしたいです。読書週間」

そう提案したのは、一年生の男子生徒。あどけなさの残る子だった。普段から前に出るタイプではないらしく、恥ずかしそうに、申し訳なさそうに手を挙げていた。でも、意を決した瞳と真っすぐな主張だった。

「POPを作りませんか」

反対意見は出なかったし、僕も反対するつもりはなかった。話し合いの結果、今回は幟を作らない代わりに、移動図書室を設けることになった。

移動図書室というのは、ワゴンにお勧めの本を積んで運び、クラス前の廊下で図書の貸し出しを行うというものだ。普段は図書室に来ない生徒にも、利用してもらおうというわけだ。

「では、締め切りまでにPOP作製と準備をよろしくお願いします」

提案した男子生徒は慣れない様子で会議を締めた。と同時に、小崎が逃げるように図書室を出ていった。

矢延先輩と目が合う。

越前くん、どうするの、と先輩の目が言っていた。このままにするのかね？

まさか、と僕は先輩の目を見て返した。でももう少し、あと少し待ってくれませんか。

伝わったのかどうかはわからないが、矢延先輩は微笑を浮かべて僕に親指を立てた。

よくわかんないけど、いまはひとまずグッドラック。

そして土曜日、僕は海岸にいた。

薄手のTシャツと半ズボンに帽子をかぶり、足元はサンダル、片手に透明なバケツ、片手に空の二リットルペットボトル、リュックサックを背負って、砂浜とアスファルトの境目で九月の海に臨んでいた。

ここは隣の市にある海水浴場だ。電車に四十分ほど揺られ、小一時間歩いたところにある。時期が時期なので海水浴客はいないが、七月の終わりには花火大会が催され、夏休みは人でごった返すレジャースポットである。

遊歩道をしばらく歩いていると、砂浜が岩場になり、アスファルトで固められて、港になった。海に突き出した堤防を灯台の下までずんずん進む。

灯台の周囲には、アウトドア用のイスに腰かけて釣りをしているおじさんが数人いた。みんな海を見つめている。

堤防の端までたどり着き、リュックサックから紐を取り出した。道中のホームセンターで購入したものだ。それをバケツの取っ手に括《くく》り付け、外れないように固定して、バケツを海水へ落とす。水が入ったら引き上げて、太陽光に透かしてなかを確認する。この作業を延々に続ける。

透明なバケツのなかに、目的の何かが入るまで、ずっと。

気づいた頃には空がオレンジに変わっていた。

腕が怠《だる》かった。落として海水を入れて持ち上げ、空にして落としてはまた持ち上げを繰り返していたのだ。腰も重い。ぐっと伸びをした。

周囲におじさんたちはいない。いつの間にかひとりになっていた。

僕はバケツから紐を外し、ビニール袋に詰めてリュックサックに入れた。出しっぱなしにしていた水筒と空の弁当箱も仕舞う。帰り支度を済ませて、最後に二リットルペットボトルを持ち上げた。海に来たときは空気しか入っていなかったが、いまは海水が入っている。太陽に透かすと、オレンジが屈折してペットボトルの縁に光の棒を作る。なかでふわふわと頼りなさげに浮いているものを見て、何度も確かめ、緩む頬が止められなかった。

来た道を一時間かけて駅まで戻った。その間も、何度もペットボトルのなかを覗きこんだ。

電車に揺られ、峯山市に戻ってくる。改札を出て自転車置き場へ向かい、荷物をカゴに放りこんだ。ペットボトルだけは揺らさないように、衝撃を与えないように、慎重に自転車を押して帰る。

家に着く頃には、あたりはどっぷりと夜に漬かっていた。

ペットボトルはひとまず自室の隅に置いた。味気のない部屋に新しく追加された物がこれかと思うと、くだらなくて笑えてくる。

それでもこの指先ほどのクラゲは、僕の成果だ。

晩ごはんに呼ばれて出てきた僕を見て、母さんがすっとんきょうな声を上げた。

「どこに行ってたの。ずいぶん焼けてるじゃない」

「海」

「海。なんでまた」

「いろいろあって」

僕は麻婆豆腐《マーボー》をかきこんだ。平らげて「ごちそうさま」と流しに運び、自室へ戻る。

ペットボトルに入れっぱなしでは死んでしまうので、物置部屋にあった水槽を引っ張り出した。小学生の頃にメダカを飼っていたものだ。

クラゲは浸透圧で簡単に死んでしまうので、カルキ抜きした水で飼うことはできない。塩分濃度が高すぎても低すぎてもだめだ。できるかぎり海水が必要になる。それは今日のうちに汲んできた。また必要になれば汲みに行けばいい。

それから水の循環も重要だ。クラゲはプランクトン。普段は海のなかで浮遊生活を送っている。流れがないと沈んでしまったり、糞《ふん》を詰まらせてしまったりする、不便な生き物だ。水槽の上部に小型循環装置を取り付けた。

餌は、近所の水中動物専門のペットショップで売っている、エビの幼生を与えることにした。さっそく明日買いに行こう。確か、餌をあげるのにもコツがいるんだったっけ。うまく上から落としてクラゲにぶつけてやることで、どうにか食べ物だと気づかせる。

それから。

クラゲは死ぬと水に溶けてしまう。悲しい最期だ。とにかく死なないように、死なないように。


母さんは僕の自室に入ってこないが、鋭かった。数日後の夕食で、

「あんた、なんか飼ってんの？」

水槽がなくなっていることに気が付いたのかもしれないし、僕が捨てたペットショップのレシートを見つけたのかもしれない。

「うん、魚みたいなやつ」

「みたいなやつって何よ。またメダカ？　金魚？　もしかしてヤドカリとか」

「うん、そんな感じ」

適当にはぐらかしていると、母さんは「まあいいけどね」と言った。

「犬や猫や、鳴く動物はダメだからね」

「わかってる」

「……それ、かわいい？」

母さんが最後の質問だから、と僕を見た。

かわいくは、ない。

答えずに塩焼きそばを平らげた。

かわいくはないけど、空から降る。

自室に戻り、水槽を眺める。小崎の背中を思い出す。

『クラゲ図鑑』は終盤にさしかかっていた。残すところは資料のページのみだ。ここで本は閉じておく。

できることは、きっとやった。クラゲの勉強も、飼育も、遠藤に謝ることも。僕には間違っていることも多い。迷惑の定義もあやふやだし、呪いの言葉に蝕《むしば》まれて迷っている。

それでも、小崎。小崎の背中は正しかった。クラゲを呼ぶ姿は正しかったんだ。クラゲは降った。ありえないことを起こしてみせた。

最低限の準備は整っている。

14

木曜日の放課後。

生徒玄関へ向かい、下駄箱から五百ミリリットルのペットボトルを取り出して、細心の注意を払いながら司書室へ向かう。

果たして小崎は、いた。

「小崎」

事務イスに座ってパソコンを触っていた小崎は、びくりと肩を跳ね上げた。驚いたことを隠しているつもりなのだろう、「お疲れ様です」とぎこちない笑み。「なんだかお久しぶりですね。お元気でしたか」やけに早口だ。「最近は時間が合わなくて、会いませんでしたね。今日はたまたまですね、偶然ですね。そういえば先週は仕事を先にしてくださってありがとうございました」

「小崎はどうしてクラゲを呼んでいたの」

ペットボトルを背中に隠したまま尋ねると、小崎は変な笑顔のまま固まった。

「え、っと」

ロボットみたいな動きで視線を下げる。

「その話、しなくちゃ、いけませんか」

小さな口の端が引きつっていた。できれば避けたい話題だ、あまり知られたくない、と悟ってほしい雰囲気。

「僕は知りたいんだけど、だめかな」

ずいぶんと遅くなったけど。

小崎は黙った。

冷房の風の音が司書室に響いていた。残暑の厳しい日だった。たぶん、今年最後の夏だ。遠くで運動部の掛け声。いーち、にー、と数字を読み上げるのにも気合を入れている。廊下から女子の話し声が聞こえた。図書室の扉が開き、静かになる。カタ、と小崎が座っている事務イスが鳴った。

そっと、禁忌に触れるような怖れを含んで、叱られることを覚悟している幼稚園児のような声が零れた。

「世界中に、迷惑をかけたかったんです」

「どうして？」

「それが、遥との約束、だったから」

遥。亡くなった小崎の友人。

「達成、されなかった？」

僕の質問に小崎は頷く。茶色の長髪が揺れる。小さな顔には影が落ちている。

「迷惑をかけるために、クラゲを選んだのか？」

小崎は僕を見上げた。気遣うような仕草だった。「いろいろ理由はあるけど、そうです」消え入りそうな返答がある。

「クラゲなら、わたしが呼んだ証拠も残らない。警察はわたしにたどり着けない。完璧なテロです。超自然的なら、わたしでも、遥でも、世界中に迷惑がかけられると思ったんです」

「どうして世界中に迷惑を？」

「だって、理不尽じゃ、ないですか」自嘲が混ざる。「全部、全部、理不尽ですよ。何もかも」

雨の降りだしに、雨粒がぽつぽつと木々の葉を打つような吐露だった。

「遥が死んだことだって、なんで、おかしいじゃ、ないですか。なんで、遥なんですか。わたしだって、なんで、」

小崎の顔がぎゅうと歪む。

「中学校で、いじめがあって、クラスの子が学校に来なくなって、わたし、何もできなくって、なんて無力なんだろう、って思ったんです。でも同じくらい、世界もひどいって」

僕は黙っている。

「どうしていじめられなくちゃ、いけないんですか、いじめなくちゃ、いけないんですか、わたしは黙って見ているしか、ないんですか、先生は、助けて、くれないんですか。——それを遥に言ったら、じゃあ、クラゲを呼ぼうって。中学二年生の、冬のことでした」

小崎は目元をぬぐった。

僕は目を逸らさない。

「クラゲで世界中に迷惑をかけるんだ、って。反乱だ、これはテロだ、クラゲテロなんだ、って」

彼女は、緩くからまった毛糸のように笑んでいた。懐かしそうで苦しそうだった。

遥という少女のことを、僕は知らない。小崎が遥の話をしたときに興味を持たなかったから。

「でも、もういいんです。遥はいないし、クラゲは降ったけど、世界中に迷惑なんてかけられなかったし」

小崎が僕を見上げる。充血した目を弱々しく細める。

「あれから呼んでません。せっかく応援してくれたのに、ごめんなさい。クラゲはもう呼びません。あの一回だって奇跡だったんです。どうやって呼べたのかわからないし、わたしはもう、大丈夫ですから」

顔を振って涙をなかったことにして、小崎は図書当番の業務に戻ろうとする。

僕はパソコンの隣にペットボトルを置いた。

「これ、ベニクラゲだと思う」

茶色の瞳が僕を向いた。丸い目で、彼女は僕とペットボトルを交互に見た。ベニ、と小さな口が動いた。「ベニ、クラゲ」

「海で見つけたんだ。小さくてわかりづらいと思うけど、ここに浮いている、赤っぽいのが見えるだろ」

僕はペットボトルを指す。小崎はそこと僕の顔を、やはり交互に見た。

「ベニクラゲは特殊なクラゲだ。不老不死って言われてる。ストレスがかかるとポリプ期に戻って、また子供から大人に成長する。ひとりで自分の人生をタイムリープしてるクラゲだ」

「えっと」茶色の頭の上には、クエスチョンマークが浮かんでは消え、が繰り返されていた。真意を掴みかねている。

「珍しいクラゲ、奇跡のクラゲだ。若返るってことで一躍有名になって、いまでも盛んに研究が行われてる。小崎、次に呼ぶのはどうする。ベニクラゲも良さそうだし、もちろんキロネックスもありだ」

初めて小崎が息を止めた。じっと僕を見つめた。

「また呼ぼう。次はクラゲテロを起こす。その方法を考えるんだ」

「先輩」

「次は僕も一緒に呼ぶ。考える。テロを起こす。あらゆるところに迷惑をかけてやる。そしたらきっと、迷惑ってものが何かわかる」

「でも、」

「反乱だよ。これは反乱だ」

そうだ。理不尽に対抗する手段は理不尽しかない。僕らの手元にあるものはすべてが理不尽だ。世界には敵わない。だから呼ぶ。遠くからありえないものを。

「もう一度クラゲを呼ぼう」

小崎はしばらく茫然としていた。ぽかんと口を開け、何かを言いかけて何度も止まる。

「……どうして、ですか。どうして、先輩が」

「僕だってクラゲを呼びたいんだよ。リベンジ戦だ。今度は僕も土俵に上がる」

小崎の目がどんどん大きくなって、そのなかに映りこんだ僕が僕を見つめていた。

僕は顔がこわばっていた。小崎に断られたら？　これでも小崎が動かなかったら？　これが彼女にとっての迷惑だったら？

もし、彼女がすでに諦めていたとしても、僕の決意は変わらないはずだ。僕はクラゲを呼ぶ。世界中に迷惑をかけるために。

「小崎。呼ぼう、もう一度」

「……わたしは、」

「たのもー」

ドアが開いて矢延先輩が入ってきた。

先輩は僕らを見て立ち止まる。

「どうしたの、馬鹿みたいな顔して。なんかあったの」

小崎が弾かれたように立ち上がった。リュックサックを背負った。

「恋先輩、お疲れ様でした！」

逃げるように出ていく。が、僕を振り返った。

「屋上、行かないんですか！」

僕は我に返った。ペットボトルを机の隅に置く。

「矢延先輩！　これあとでとりにきます。だから触らないでください」

「え、あ、うん」

「お疲れ様でした！」

「お、お疲れ」

矢延先輩は呆気にとられながら、はたと気づいたように僕に言った。

「焼けたね」

僕は返す。「焼けました」それはもう、こんがりと、たった一日で。

ドアを閉める。

「越前先輩、行きましょう」

「うん」

行こう。

屋上へ向かう。足がどんどん速くなる。気づけば僕は廊下を走っていた。どれだけ走っても止まりたくなかった。

先に小さな影が揺れていた。動物の尻尾みたいな茶色の房が、左右に躍っている。階段を二段飛ばしで駆け上がる。ドアを開ける。外は高い青空だ。季節は秋になった。なんともクラゲ日和。

「わたし、諦めようとしてたのに」

小崎がリュックサックを放り出して両手を開いた。泣きそうな顔をしていた。

小崎が本当はどんな気持ちだったか、なんて知れていた。彼女の基本姿勢はネコに立ち向かうネズミなのだ。動物並みの優れた脊髄反射で生きているのだ。クラゲが降っても世界はちっとも困らなかった、だなんて、悔しくないわけがない。

「呼びたくなりました。忘れるように頑張ったのに、呼びたくなりました」

僕もリュックサックを放り出す。

「呼ぼう、クラゲをもう一度」

「はい！」

九月の空へ小崎が叫ぶ。

「遥はもういないけど、意味なんてないけど、呼びましょう！」

僕も両手を広げた。

高く深い群青を背景に、輪郭の浮きあがった雲が居座っている。宇宙に届きそうな高度をとんびが旋回している。フェンスを越えた秋風が髪の間をすり抜けていく。制服の裾が揺れて、小崎のスカートの裾も揺れて、

「来い！」

声がそろった。

来い、クラゲ、来い。降ってこい。ここだ、ここで呼んでいる。僕らがクラゲを呼んでいる。

降ってこい！　クラゲ！

15

想定はしていたが、実際に上手くいかないと少しへこんだ。

クラゲは簡単には降ってこない。だから小崎の試行錯誤が続いていたのだ。

翌週の月曜日の放課後、例によって僕と小崎は司書室にいた。

「冷静に考えたんだけど、」

僕は返却手続きをしながら言った。

「まずはクラゲを呼ぶ条件を考えよう。小崎がクラゲを呼べたのには、何か理由があるはずだ」

「ですね」

長テーブルに向かう小崎が深く頷いた。彼女は新着図書の背表紙にラベルを貼っている。

「わたしもよくわかってないんですよ。どうしてクラゲを呼べたのか」

事務処理を終えて、僕は長テーブルに移動した。リュックサックを開けて、クリアファイルからルーズリーフを一枚取り出す。昨日、思い立って書きこんだものだ。
・なぜクラゲが降ったのか
・何らかの原因がある↓原因とは何か
・もう一度クラゲを呼ぶには
・世界中に迷惑をかけるには
思いついたままを書き連ねているので、我ながら酷い箇条書きだ。

「つまり、クラゲが降った原因がわかれば、またクラゲを呼ぶことができる」

当然と言えば当然なのだが、小崎は「おお、なるほど……」と感嘆している。

これを書いているとき、バス停で泣く小崎を思い出して複雑な心境になった。小崎が泣いていたのは、遥という女の子が亡くなったからだろう。その真夜中にクラゲが降ったのだとしたら……

頭を振る。

「あと、クラゲを使ってどうやって世界中に迷惑をかけるのか、これも重要だと思う」

「どうやって？」

「たとえば、小規模な人的被害を与える。これなら電気クラゲを呼ぶのがいいだろ。人を家に閉じこめるならキロネックスだ。危ないクラゲが降ってきたら外には出ない。道路や線路を塞ぐなら、大きさで言えばダイオウクラゲ」

「具体的ですね」

「絞った方が呼びやすそうだろ。八月に降ったのだって、アカクラゲ一種類だったし」

「……アカクラゲ」

小崎は顎に手を当てる。小学生が気取って考え事をしているように見える。

僕も腕を組んで考えた。

「どうしてアカクラゲだったんだろう。心当たりある？」

「実はあの日、アカクラゲの写真を見ながら呼んだんです。遥と最後に話したとき、アカクラゲの話をしたから」

「家で飼ってるクラゲは降らなかったね」

「はい。あの子は元気ですよ！」

自由研究は頓挫《とんざ》しちゃいましたけど、と小崎は恥ずかしそうだ。

「つまり、身近なクラゲが降るわけじゃなくて、呼ぶときに願ったクラゲが降るんだ」

僕は筆箱を取り出して、
・クラゲは限定できる（呼ぶときがポイント）
と付け足した。

「迷惑をかける方法かぁ。わたしひとりでは思いつきませんでした。ただただ、世界中が迷惑だーって思えばいいな、って」

「エチゼンクラゲが降ってきても、なかなか迷惑がかかりそうだよな」

エチゼンクラゲ大量発生、なんてよく聞く話だ。しょっちゅう人間に迷惑をかけているクラゲが空からも降ってくる光景は、さぞかし面白いに違いない。

「アンドンクラゲはどうですか？　透明だからたくさんの人が気づかず外に出て、ビリッと来ちゃうかもしれません。人が外に出ないと、きっと世界は麻痺しますよ」

「電気クラゲだけに？」

「ほんとだ！　麻痺です！」

いいね、アンドンクラゲ。少しでも触れたら刺されて痛い。きっと誰も外に出ないだろうし、病院はてんてこ舞いだろうし、お偉いさんは走り回るだろうし、みんな怖がる。世界は大混乱だ。

僕は書き足した。
・世界中に迷惑をかけるには
↓電気クラゲで危険度を上げる
　世界を麻痺させる、混乱させる
・クラゲは限定できる（呼ぶときがポイント）
↓アンドンクラゲを呼ぶ
ターゲットを絞るのは大切だ。単語テストだって、重要単語を集中的に勉強したほうが点も上がる。
「なぜクラゲが降ったのか、これは謎が残りますねぇ」小崎は再び顎に手を当てる。

「原因を解明するしかないね」

そうしないと、アンドンクラゲを呼ぶことはできない。

「検証なんてやったことないから、いまいち方法がわからないな」

司書室のドアが開いた。矢延先輩だと思った僕は「こんにちは」と言いかける。

「よ」片手を挙げた遠藤が入ってきた。

小崎が「お久しぶりです、えっと、」と間を置いてから、

「あっ、遠藤先輩！」

早押しボタンを押さんばかりの勢いで言った。遠藤は「正解！」と親指を立てる。

「前に勧めてくれた『プラネタリウムのふたご』がおもしろかったからさ、別の本を借りようと思って」

「ほんとですか！」

クラゲの話題はどこへやら。小崎が両手を突き上げた。

「嬉しいです。お勧めならいくらでもありますよ」

さっきまでラベル貼りをしていた新着図書の山から、六冊の文庫本を抜き取った。

それを長テーブルに商品よろしく並べていく。

「米澤穂《よねざわほ》信《のぶ》の古典部シリーズ。日常系の謎解きを扱った、超人気作です！」

「謎解きって、ミステリー？」僕も並んだ文庫本を見た。小崎はミステリーを読まないのではなかっただろうか。

「恋先輩にお勧めされて読みました！　とーってもおもしろくて、みんなに読んでほしくて、購入予約しちゃったんです」

並んでいるのは、右から順に『氷菓』『愚者のエンドロール』『クドリャフカの順番』『遠まわりする雛《ひな》』『ふたりの距離の概算』『いまさら翼といわれても』だ。小崎の細い指が最後の一冊を指す。

「この『いまさら翼といわれても』は文庫本になって日が浅いです。できたてほやほやです」

「パンみたいな言い方だな」

遠藤が苦笑しながら、「じゃあ、これが一巻？」と『氷菓』を手に取る。

「省エネ主義の主人公がひらめきと熟考で真実にたどり着く、日常系ミステリーです。なかなか語りつくせませんので、ぜひ！　読んでください！」

「うん、借りるよ」

「ありがとうございます！」

やっぱり選挙感が出るのは否めない。

小崎は遠藤から文庫本を受け取り、パソコンで貸し出し手続きを始めた。

「で、これ、なに？」

遠藤が僕の肘を突《つつ》いて、長テーブルの上を顎で示す。彼の視線が注がれているのはルーズリーフだ。クラゲ。クラゲテロ。世界中に迷惑を。この字が僕の字だってことは知れている。遠藤とは小学校からの付き合いだ。

僕は二択を迫られた。紙を隠して「何でもない」と言うか、紙を出したまま「さあ？」と言うか。

いや。

「クラゲ乞いだよ」

ルーズリーフを手に取る。

「小崎とふたりで、クラゲを呼ぶ方法を考えてるんだ」

「クラゲ？」

遠藤は眉をひそめている。僕だって突拍子もないことを言っている自覚はあるし、遠藤が怪訝《けげん》な反応をしてしまうのもわかる。最近まで僕もそっち側にいたのだ。

「ほら、先月に降っただろ」

「いやいや雨乞いじゃあるまいし、簡単には降らないだろ。あれだって、ほら、フア、ファ……」

「ファフロツキーズ現象」

「それ」

「違う。あれは小崎が呼んだんだ」

パソコンと睨めっこ中の彼女を見る。遠藤もつられた。小崎は僕らの視線に気づき、「はい？」となぜか嬉しそうだ。

「小崎が呼んだんだよな」

「クラゲですか？　はい。わたしが呼びました」

「ファフロツキーズ現象じゃないんだよ、遠藤」

二対一の状況に追いこまれ、遠藤は困惑していた。それでも「そ、そうなの」と納得しているのが、彼の人の良さなんだろう。僕にはない良さだ。

貸し出し手続きを終えた小崎が寄ってきて、ルーズリーフを覗きこんだ。

「クラゲを呼んでテロを起こすのが、わたしの夢だったんです。でも失敗しちゃったから、次はクラゲテロをしっかり起こすために、いま、越前先輩と一緒に考えてるんです」

「そうそう、次はアンドンクラゲを呼ぶことになって」

「世界中に迷惑をかけますよ！　レッツ、クラゲテロです！」

終始難しそうな顔をしていた遠藤は、小崎から『氷菓』を受け取って、僕にそっと耳打ちした。

「不思議ちゃん？」

下田の台詞を思い出したのだろう。

僕は首を振る。

小崎は本当にクラゲを呼んだ。ただの不思議ちゃんではなかったのだ。


木曜日に司書室へ行くと、遠藤がいた。

「よう。俺も混ぜてよ、クラゲ乞い。世界中に迷惑をかけようぜ」

「僕はいいけど、小崎もいいって言ったらな」

遅れて司書室へ来た小崎は、遠藤を歓迎した。

図書委員の仕事をさっさと終えて、僕らは長テーブルを囲む。

「クラゲを呼べた原因がわからない以上、まずは小崎がやっていた方法を書き出してみよう」

シャーペン片手に僕が提案すると、小崎が「はい！」と手を挙げた。シュバッと空気を切る勢いだ。

「まずは、空に向かってひたすら呼びました！」

僕はルーズリーフに書きこんだ。

・ひたすら呼ぶ

「呼ぶ、って、声に出して？」

遠藤の問いに、小崎が「声に出して、両手を振って、できるだけ空に近い場所で」と答えた。それも書きこむ。

「呼びかけもいろいろ変えました。最初はずっと、来い、って言ってたんですけど、下手に出たりとか、呪文みたいに唱えたりとか、いろんな言語で呼んでみたこともあります。カモン、ジェリーフィッシュ！」

「努力してんなぁ」

「でも降らなかったんですよ」

「次は、心のなかで呼んでたよな？」

「はい。ただ大声で呼んでも来づらいかなぁと思って、心のなかで語りかけるように呼びました」

・ひたすら呼ぶ↓×
・語りかける
「これはどうだったの、降ったの？」と遠藤。

「いえ、これも手ごたえはなかったです」
・語りかける↓×
「だから、次はクラゲの勉強を始めたんです」

「勉強？」これも遠藤だ。

「クラゲも、クラゲのことを知っている人の呼びかけなら応えやすいかな、って」
・クラゲの勉強
「これでも降らなかったので、次はクラゲを飼いました」
・クラゲの勉強↓×
「ちょっと待てよ」制したのは遠藤だ。「勉強したけど降らなかった、ってのは断定できない。勉強で身に付いた知識は取り外し不可だ。方法や手段としてカウントできない」

「効果があったかどうかも不明だな」

僕は消しゴムで×を消した。

・クラゲの勉強↓△
・クラゲの飼育
「飼ってたクラゲが降ったの？」

遠藤が尋ね、小崎は首を振った。

「飼ってるクラゲはエダクダクラゲです。降ってきたのはアカクラゲ」

「じゃあそこも関係ないじゃん？」

「でも飼育を続けてる意味があるかも？」
・クラゲの飼育↓△
「小崎ちゃんは、クラゲが降った当日は何をしたんだ？」

「実は、ずーっと空を睨んでたんです」小崎は頭を掻いた。「空を睨んで、来い、来い、降れ、って思ってました」

「命令口調で？」僕が尋ねる。

「はい」

「なんか脅《おど》したみたいだ」遠藤だ。

僕は黙った。

脅したみたいだ。その通りだな、と思ってしまった。小崎は脅したみたいだ。クラゲが降ってくる、というより、クラゲを降らせた。

「脅した……？」

一方で、うーん、と小崎が首を傾げる。

「なんだか違う気がします。わたし、呼んだんです。命令したわけじゃなくて、お願いしたわけでもなくて、ただ、ずっと、降れ、って思ってた。来い、って呼んだんです。脅したつもりはないです」

「雨乞いと変わらないのか」遠藤が返した。「純粋な気持ちってやつか？」言ったあとで、恥ずかしそうに鼻の頭を触った。
・純粋な気持ちで呼ぶ
「動機はテロだけど」

「テロですね」

「クラゲテロだな」

これ以上、討論のしようがなかった。クラゲを呼ぶ方法は、純粋な気持ち、でいいんだろうか。

「……条件パターンだったらどうする？」

「条件パターン？」ふたりが僕を見た。

「いくつかの条件を満たすと、降る」

並んだ障壁をクリアしていくイメージだ。全部達成されて、初めてクラゲが降る。

「どちらにせよ、小崎ちゃんがいままでやった方法を試すしかないだろ」

遠藤が、ルーズリーフの項目の端から端までを指でぐるりと囲った。

「屋上で呼ぶのはやった」僕は・に○をつける。

「語りかけるのもやってます」

小崎の言葉を受けて、隣の・に○をつける。

「クラゲの勉強もやってる」
・に○をつけると、遠藤が「マジで?」と僕を見る。マジだ。かなりやってる。いまは復習中。
「飼育もやってる」

遠藤はますます信じられないといった目つきだ。

「わりといろいろやってるんだな」

「まあね」

やっていないのは、純粋な気持ちで呼ぶ、だけか。結局ここで手が止まる。

「純粋ってなんだ?」

「心の底からクラゲを呼ぶってことだろ」

「いまのわたしには、邪念があるということでしょうか」

「八月に呼んだときはどうだった？」

「クラゲテロのために呼びました」

「……純粋な動機に入るのかな」

「でも、それ以前もクラゲテロのためでしたよ」

暗礁《あんしょう》に乗り上げたようだった。航海に出てまだ数日しか経ってないのに。

「…………」

ルーズリーフに視線を落として、僕らは考えこんでしまった。

沈黙を破ったのはノックだった。

三人の視線が移る。控えめに叩かれたのは、司書室と図書室をつなぐドアだ。それがそっと開く。

開けたのは関岡だった。

「あの、本を借りたいんだけど」

低い声で彼女が言った。僕は自分が図書委員であることをすっかり忘れていたので、数秒固まっていた。

「あ、うん」関岡から本を受け取る。物理の参考書だった。

彼女の髪はセミロングからロングになっている。美容院に行っていないのか、朝に整える習慣がないのか、あいかわらずぼさぼさだ。陰鬱なオーラは増しているように感じた。

司書室の空気が変わっていた。小崎は関岡を気にしないよう努めているのがバレバレだったし、遠藤も関岡のことを知っているようで、どう反応したらいいのかわからない顔をしている。

体育祭が終わって、関岡はクラスに戻ってきた。行事を挟んだおかげで、クラスの張りつめた空気はなくなったが、依然としてみんなが関岡と距離をとっていた。関岡自身も積極的に関わってこないので、一対多数による暗黙の協定が結ばれたようだった。

『よくわかる物理』の貸し出し手続きを終えて、僕はそれを関岡に渡す。

「あのさ」

関岡の肩が跳ね上がった。脅かすつもりはなかったのだけど、眼鏡越しの彼女の目は黒色の前髪で隠れていて、目線が一向に合わない。

「僕ら、昔やったことをもう一度やろうとしてるんだけど、どうやったら再現できるのかわからなくて困ってる。何かコツはないかな」

関岡は視線を下げたまま、掠れた声で「なんで」と言った。「なんでわたしに訊くの」

「関岡は賢いだろ。何かいい方法を知らないかな、って思って」

「……………」

関岡は怪訝な目つきを僕に向け、次いで遠藤と小崎を窺う。知らない、と一蹴はしない。

「昔やったことって、何？」

「クラゲを呼ぶことです」

答えたのは小崎だ。小崎はまっすぐ関岡を向いて、大きな瞳に偉大な意志を宿している。

「やりたいことは、クラゲを呼んで、世界中に迷惑をかけることです」

「迷惑」

関岡は反芻して、「迷惑」ともう一度、唇になじませるように繰り返した。

「そうです」小崎はパイプ椅子を倒さんばかりの勢いで立ち上がった。「前は失敗したんです。クラゲが降っても、みんな嫌な顔をしただけでした。それじゃだめなんです。世界中が麻痺するくらいのテロじゃないと」

「テロ」

子どもが言葉を憶えていくように、関岡は繰り返す。「テロ」

「けど、わたし、どうやってクラゲを呼んだのか全くわからなくって。何か良い方法はないですか？」

小崎がルーズリーフを令状みたく突き付けた。関岡はそれをじっと眺め、

「……5W1H」

「え？」

「過去に起こった事象を再現するには、最低でも、5W1Hを揃える必要がある」

「ごーだぶりゅーいちえいち」遠藤が指折り数えた。「いつ、どこで、だれが、なにを、どうして、どのように」

「……八月十八日の夜、わたしの家で、わたしが、クラゲを、クラゲテロのために、純粋な気持ちで呼んだ」

僕は小崎からルーズリーフを受け取って、シャーペンで書きこんだ。

「外的要因。気温、気圧、当時の環境を再現する。でも、たった一回の事象から条件を得るのは難しいと思う。そういうのって、対照実験を重ねて共通項を見つけていく

ものだから」

関岡の淡々とした言葉を全部メモする。

「内的要因も。ミスはあったのか、とか、……非科学的だけど、どういう気持ちだったか、とかも、わからないけど、みんなが大切だと思うならそうなんじゃないの」

気持ち。遥ちゃんを失って、小崎は悲しかったはずだ。悲しいなんて言葉では言い表せないくらいの痛みがあったはず。

「全部を同じにすると、理論的には、再現可能になる。再現性があれば」

「再現性って？」

「…………」関岡は岩が佇むように黙り、やがて「たとえば」と口を薄く開いた。

「事象が二度と再現できないこともある。熱力学の法則、エントロピー、化学反応や混合も、不可逆的な反応だって多いし」

小崎と遠藤が首を傾げた。

「たとえば」関岡はもう一度言って、今度は本当に黙った。例が思い浮かばなかったようだ。

「寿命を迎えたクラゲが死んで海に溶けて、そのクラゲは二度と元に戻れないってこと？」

僕が尋ねると、関岡は「まあ、たぶん」と煮え切らない態度で肯定して、

「死んだ人は死んだまま、生き返らないのと同じ」

そして小崎を見遣る。

「なんで、クラゲ？」

「友だちとの約束だからです」

遠藤が小崎を見上げて、そうなのか？　と僕に目配せした。僕は頷く。

「迷惑をかけるのは、なんで？」

「世界は理不尽だから」答えたのは僕だ。関岡が振り返る。「世界は理不尽だから、反乱を起こす。テロを起こすんだ」

「理不尽」

視界の隅で、遠藤が笑っていく。なんだそれ、そんな理由だったのかよ、おもしろいこと考えるじゃん。声が聞こえてきそうだった。

「理不尽」つぶやいた関岡は、「そう」と興味なさげに零した。

「頑張って」

『よくわかる物理』を片手に、彼女は司書室を出ていった。

「応援してくれましたね」

小崎の口調に優しさがにじむ。遠くで金属バットがボールを打った音が、甲高く響いた。

16

翌週の月曜日。十月に入り、秋雨がしとしとと降っていた。

遠藤はサッカーの練習があるらしい。今日は僕と小崎のふたりだ。と思ったら、久々に矢延先輩がいた。

「放課後も補習が入るようになってね。今日で一段落、付いたところ」

先輩は参考書をめくった。受験勉強が激化する時期なんだろう。

図書委員の仕事を終えた僕は、ひとまず、クラゲを呼ぶための条件を書いたルーズリーフを取り出した。
・日付はどうしようもないので、考えない（本来は八月に行うべきだけど）
・クラゲテロのために呼ぶ
・純粋な気持ち（？）で呼ぶ
・呼ぶクラゲはアンドンクラゲ

昨晩これを書きながら、小崎がとんでもパワーを持っているからクラゲが降ったのかもしれない、と思った。もしかしたら、小崎が呼ぶから意味があるのかもしれない。

でも、そんなことを言っては元も子もない。僕だってクラゲを呼びたいのだ。負けじと現段階での有効な手立てを考えてみた。

小崎がクラゲを呼び始めたのは中学二年生の冬だったが、クラゲ乞いの継続は高校生になってから、つまり四月からだった。結果が出たのは八月半ば。継続期間は約四ヵ月だ。それを踏まえて、十月から一月の終わりまではひたすら呼び続けることにした。暇さえあれば空を見上げてアンドンクラゲを呼ぶ。天気は関係ない。ずっと呼び続ける。そうしたら降るかもしれないし、どこかで何かの条件をクリアするかもしれない。数打てば当たる戦法だ。

「進んでるね」

シャーペンをクルクル回しながら先輩が言った。

「次のテロはうまく行きそうなの？」

「はい、仲間も増えていい感じです」小崎は嬉しそうだ。

「仲間。いいじゃん。何人態勢？」

「三人です」

「三人寄れば文殊《もんじゅ》の知恵だ」

「恋先輩も一緒に呼びますか？」

「んー、優子ちゃんの提案をはねのけるのは気が引けるけど、あたしこれでも受験生だからねぇ。あと、そっちも忘れちゃダメだよ」

先輩のペン先が、棚の上にあるプラスチックのカゴを示した。完成したPOPの提出先だ。

「さっき芝田先生が立ち寄って確認してたけど、まだ半分しかできてなくて寂しそうだったよ。書いてあげて」

秋の読書週間は、中間テストが終わったあとに予定されている。中間テストがあるのは十月の下旬。だいたい二週間後だ。今回はワゴンを飾りつけたり、移動図書室に持っていく本を選んだり、宣伝チラシを作る係もいる。僕はPOP担当のみで、小崎はPOPとワゴンのデコレーション担当だった。

「越前先輩は何の本を紹介するんですか？」

「『山椒魚』」

「『山椒魚』？」

「渋いな」

瞬いた小崎に反して、矢延先輩がにやりと右の口角を上げた。

「井伏鱒二だ。いま読んでるの？」

「はい、少しずつ」

僕は読書を再開していた。クラゲのことで頭がいっぱいだったけれど、どうしても開かずの本棚の攻略を進めたかった。『山椒魚』は図書室で借りたものだ。短編集だったので、表題作の、「山椒魚」自体はすでに読み終わっている。ＰＯＰはもう書ける。あとは読破して返却するだけ。

「どうだった？　あの作品、太宰治《だざいおさむ》が読んで感動したって逸話もあるけど」

「よくわかりませんでした」

正直に答えると、矢延先輩は「純文学ってややこしいよね」と言った。「でもあたしは好きだよ」

「どういうところがいいんですか？」

「難しいこと訊くよね、越前くんって」

「そうですか？」

「嫌いなものは理由が説明しやすいけど、好きなものって本能じゃん」

本能。

小崎が「わかります。本能です」と同意した。さすが小動物。矢延先輩も「本能こそ真実」なんて適当な格言を述べる。

「あ、でも『山椒魚』は作者のこだわりがあるから、それが理由といえばそうかも」

「こだわり？」

「こだわり。井伏鱒二はあの作品を晩年で修正したんだよ。最後まで『山椒魚』について思考し続けた。そういう気概は好きかな」

「芸術家ですねぇ」小崎が感嘆した。

「芸術家か」先輩の指先でペンが躍る。「作家って線引き微妙だよね。アーティストって言われることもあるし、そうじゃないこともある。立ち位置も微妙じゃない？」

そうだろうか。僕は詳しくないので、黙って話を聞く。

「絵の良さを知らない人でも本は読める。クラシックがわからなくても、ストラディバリウスが聴き分けられなくても、本は読める」

少し間を置いて、先輩は僕らを見た。

「なんで『山椒魚』を読んでるのか、なんで本を読んでるのか、考えたことある？」

僕はあった。

開かずの本棚をたどれば、父さんの気持ちが、呪いの言葉の意味が、迷惑の定義がわかるかもしれないと思ったからだ。でも「あんまり」と答えておく。

小崎は悩んでいた。この世で最も困難な問題を前にしているようだったが、ぽつりと答えた。

「文字が読めるから？」

先輩が笑った。

「それもあるよね。あたしもそう思ってた。文字が読めるんだから本も読めるじゃん、って。けど、」

「本を読まない人もいますよ」中学生の頃の僕みたいに。

そうだね、と先輩が頷く。

「じゃあ、なんであたしたちは本を読むんだろう」

「なんで……」

「それはきっと、本がとても近いところにあるからだよ。どんな芸術作品よりもそばにあるから。たとえば眠るとき、枕元に置いておきたくなる芸術作品」

そういう表現をされると、絵画を枕元には置かないかも、なんて思ってしまう。

先輩はクルクルとペンを回し続けている。

「あたしは常々思ってるけど、本を書くのは難しい作業だよ。何かを作るのって手間がかかる。だから、高い壁を乗り越えて世に出る小説ってのはいいんだよ」

先輩のペンの尻が、傍らに積まれた参考書を差した。物理や化学や数学、英語のなかに一冊のハードカバーが混ざっていた。『その日のまえに』重松清《しげまつきよし》。

「やめらんないよね、読むのは」

ペンの尻が背表紙をつつく。受験勉強中に読書をしている言い訳だったが、本当にやめられないのだろう。

「先輩は、ＰＯＰは、」尋ねかけて思い出した。受験生は委員会活動が免除されている。「小崎は、ＰＯＰの題材は何にするの？」

小崎は待ってましたと言わんばかりに息を吸った後で、はたと動きを止めて、

「越前先輩には、内緒です」

苦笑交じりに肩をすくめた。

17

日を追うごとに影は伸び、秋が足早にやってきた。山がポツポツと赤や橙《だいだい》に色づ

き始め、爽やかな空っ風が今日も飽きずに茶色の木の葉を舞い上げる。

目下の敵は中間テストだったが、クラゲ乞いに少しばかりの変化があった。関岡が顔を覗かせるようになったのだ。

先日なんて、小崎の行ってきたクラゲ乞いすべてに意味があったのではないか、と新説の提唱までしてくれた。

「クラゲを呼ぶ行為や気持ちが、エネルギーとしてどこかに蓄積した。それが何かのきっかけで変換された。結果、クラゲが降った。つまり、クラゲを呼ぶこと自体に意味があって、その中身は関係ない、なんて可能性もある」

とつとつと述べる関岡の横で、遠藤が「きっかけ？　トリガーってやつ？」と身を乗り出した。

関岡の口からSFチックな言葉が飛び出したのには驚いたが、新たな仮説に僕は嬉しくなった。

僕は、僕なりにクラゲが降った事件をネットで探していた。もし過去に似た現象があれば、わかりやすい共通点が浮かび上がるのではないかと思ったのだ。だが、結果は見るも無残で、小崎が起こした夏の一件しかヒットしなかった。しかし、それについても関岡は淡々と、

「クラゲの降下がひとつの独立した現象なら、特異な要因があるのかもしれない。気象条件とか。あと逆説的だけど、クラゲでなければならなかった、ということもありえる。環境要因と合致したのかも」

「クラゲじゃないといけない理由か」

考えたこともなかった。

彼女がいてくれると僕らも発想が豊かになるようで、ああでもないこうでもないと意見を出せた。

が、小崎が仲間に誘うたびに彼女は断る。

「気を遣ってるんじゃねえの」と言ったのは遠藤だ。サッカーの練習がナイターのときは、遠藤も司書室に寄っている。

「自分が警察の世話になってるから、あんまり人と一緒にいないようにしてる、とか」

僕は「そうかもね」と返した。

彼女の行為が警察沙汰になったのは本当だし、冤罪ではない。でも。

「あんまり憶測で言うもんじゃねえか」

遠藤はひとりで完結してしまったが、僕も同意見だった。

関岡については、当初から現在まで「～らしい」「～みたい」といった噂しか流れてこなかった。盗んだのは文房具らしいよ。警察にお金を渡したらしいよ。いろんな店で何回もやってたみたい。どれも本人が語ったことではない。クラスメートが言い出したことだ。

「義務には責任がついて回るよ」と言ったのは矢延先輩だ。僕がそれとなく目撃者の義務について尋ねたら、唐突にそんなことを言った。

「責任を背負えるだけの実力がないと、目撃者の義務を果たせない。そこらへんは難しいよね。見極めがさ」

「って、好きな作家が言ってたんですか？」

「いや、これは持論。でも、小説は現実に影響を及ぼすよ。人の考え方を変える力がある」

読んで受け取ったものを発展させる、ということだろうか。『山椒魚』を読んでも『こころ』を読んでも何も思わなかった僕には、まだわからない。

『山椒魚』は読み終わらないので、何度目かの延長をしている。

そして晴れの日には屋上に出る。クラゲ乞いは続いている。

秋雨前線が停滞しているらしい。どんよりとした天気が続いていた。

テスト勉強の合間にPOP制作を進め、締め切りの前日に完成させた。今回のPOPは、ネットのレビューや参考文献を一切見ていない。自分ですべてを考えた文章だ。

『山椒魚』井伏鱒二。小さな洞穴のなかで生きてきた山椒魚は、ある日、穴の外に出られなくなったことに気づく。そんなとき一匹の蛙《かえる》が穴に飛びこんできて――短編集なので、読みやすい一冊です。

あらすじだけになってしまったが、これが精一杯だった。批評はハードルが高い。難解だったのに〝読みやすい〟なんて書いたのは若干の嘘だけど、でも、案外みんなが本を読むのは、前回の読書週間でわかっている。刺さる人に刺さればいいのだ。

POPを書き終わった後、『山椒魚』・書き直し、で検索してみた。どうやら晩年の井伏鱒二は、最後を大幅に削除したらしい。

『今でもべつにお前のことをおこってはゐないんだ』

蛙の台詞。ここに至るまでを削ったわけだ。わざわざ直したってことは、何か意味のある部分だったのか。どうしてこの部分を。

思考を巡らせてみたけど、正体不明の壁にぶちあたったような気がしてやめた。いや、ぶつかってはいないか。透明なガラスの前でひょいと軌道修正して、同じところを旋回してしまう。台詞だけが頭のなかに居座っている。

矢延先輩は、小説から何かを受け取って持論にした。それは、いままで受けてきた国語の授業と同じようで違う。問題として提示されていなくても解釈をしたのだ。

小崎もきっとしている。反射神経を有効活用している彼女も、本を読んで何かを考えるんだろう。ほとんど本を読まない遠藤だって、『プラネタリウムのふたご』をおもしろかったと評した。何かコツがあるのかもしれない。

勉強机の端に置いた『山椒魚』を見つめると、切り絵で描かれた表紙のサンショウウオがいまにも動き出す錯覚を覚える。

父さんだって『山椒魚』を読んでいる。『こころ』も『吾輩は猫である』も『春と修羅』も『銀河鉄道の夜』も、他には『地獄変』、『砂の女』、『檸檬《れもん》』、『蒲団《ふとん》』、『潮《しお》騒《さい》』、『雪国』、『金閣寺《きんかくじ》』、『堕落論』、『坂の上の雲』、『風立ちぬ』、『銀の匙《さじ》』、有名な文豪の作品は一通り。開かずの本棚は父さんの軌跡だ。僕はそれをたどっているにすぎない。

父さんも、何かを受け取ったのだろうか。何かを感じたのだろうか。

生きていたら訊けるのに。僕らに迷惑をかけたときの気持ちだって。僕に謝ったときの気持ちだって。

どうして死んでしまったのだろう。

カーテンを開ける。窓に映るどんよりした空に向かって、クラゲ乞いをした。


ＰＯＰの締め切り当日の金曜日、司書室に入ると誰もいなかった。当番はまだ来ていないらしい。

窓の外では静かな雨が降り続いている。止んだと思ったら降って、降るかと思えば持ち堪える、曖昧《あいまい》な天気だ。クラゲは今日も降らない。

カゴにはＰＯＰが山積みになっていた。画用紙を重ねたり、画像を印刷して貼ったり、飛び出す絵本のようなＰＯＰもある。それらに比べて味気ない『山椒魚』のＰＯＰを入れようとして、僕は固まった。

『てんとう虫の願い』

一番上に置かれたＰＯＰだ。文字でわかる。小崎。

『てんとう虫の願い』七尾虹。てんとう虫はひとりぼっちでした。いつも高いところを目指して、長い茎を上っていました。ある日――

顔を逸らす。恐々と手を伸ばして、その下に置かれた同系色のＰＯＰには、やはり小崎の丸い字で、

『世界にすこしだけ優しくなろう』七尾虹。

僕は自分のＰＯＰを小崎の上に重ねた。見えないようにして、視界に入らないようにして、固まったまま、必死に考えた。

小崎は諦めなかった。

ＰＯＰがあるということは、本が図書室に入ってくる。父さんの小説が図書室に並

ぶ。

苦しい。それだけは耐えられない。父さんはやはり、僕にとって、僕にとって……汚点、そう、汚点で、父さんの小説を誰かが読むなんて、そんなこと、あってはならなくて、だから、
迷惑かけてごめんな。

ごめんな、迷惑かけたよな。

ポチッとボタンが勝手に押されて、皮と骨になった父さんが頭蓋骨の内側をスクリーンにして映し出された。なんて鮮明な映像だ。声も温度もにおいもまるでそこにあるようだ。迷惑かけてごめんな。亨、迷惑かけてごめんな。ごめんな、迷惑かけたよな。亨、亨。ぎゅっと左胸の奥が握られる。痛い。くそ。

これは小崎の渾身《こんしん》のＰＯＰだ。矢延先輩が言った通り、物を作るのは時間も労力もかかる。なかったことにはできない。

本の入荷はいつだ。

誰かが読むことだけは避けたい。頼む。これ以上、父さんを知る人が増えるのだけは。これ以上の迷惑だけは。

現実に引き戻された。ドアが開いた音がしたからだ。金曜日の図書当番が立っている。目が合って、彼女は僕に驚いたようだったけど、軽く会釈をして司書室に入ってきた。僕も会釈をして司書室をあとにした。逃げ出すようになってしまった。

本が入って、すぐに対処しなければ。

方法なんてひとつしかない。小崎を悲しませず、誰にも迷惑のかからない方法だ。

入荷の予定日を知りたいけど、どうして僕がそれを知りたいのかを知られるのも嫌だった。誰にも知られたくない。地道に待つしかない。

そうして、中間テストの最終日。図書室の新刊コーナーに並んでいた文庫本二冊を奪うように掴んで、貸し出し手続きをした。

一冊の表紙は草原から空を見上げている写真だ。一匹のテントウムシが雑草の茎にとまっている。もう一冊の表紙は水色のイラストで、セーラー服を着た女の子が両手を広げて立っている。女の子は笑顔だ。

家に帰り、それを勉強机の端に置いた。使い終わったノートや教科書を上に積み重ねて隠す。どんどんうずめていく。こんなごまかしがいつまで続けられるのかわからないけど、少なくとも、秋の読書週間が終わるまでは僕が持っておかなければならない。誰にも読まれないために。

せっかくクラゲ乞いがのってきたところだったのに。世界に反撃する気満々で、毎日が楽しくてたまらなかったのに。煩《わずら》わしいことが増えた。

ここまできて、七尾虹は僕を苦しめる。

迷惑かけてごめんな。

掠れた声が頭のなかで響いた。

ほんと、大迷惑だ。

18

中間テストが明けて、衣替えの移行期間が終わる。夏服はクローゼットの奥に仕舞われた。秋雨は続いている。降ったり止んだりしながら。ときどき台風も顔を覗かせるので、天気は安定しない。僕らは屋上に出られないまま、心のなかでクラゲを呼び続けるしかなかった。

テスト返却と同時に、秋の読書週間に突入した。

移動図書室は好評だった。普段は図書室に来ない生徒や、通っていたけど足が遠のいていた生徒はもちろん、勉強の本を借りたいという生徒も来てくれた。図書委員の厳選本はコンスタントに貸し出された。

もちろん、生徒全員が立ち寄ってくれたわけじゃない。まったく興味を示さない生徒もいた。下田は見向きもせずに階段を駆け下りて行ったが、他にすべきことがあるのだろう。

ＰＯＰは校舎のいたるところに張り出された。僕のＰＯＰは渡り廊下だ。移動教室のたびに前を通るので、立ち止まって読まずにはいられなかった。

小崎のＰＯＰは階段の踊り場だった。『てんとう虫の願い』の方だ。そっちは足早に通り過ぎる。『世界にすこしだけ優しくなろう』はどこに貼られたのかわからずじまいで、終始、僕の胃をキリキリと痛めつけた。

秋の読書週間が無事に終わった翌週。十一月に入った水曜日の放課後。

空は曇天だった。どことなく風が冷たかった。冬がすぐそこに見えている。クラゲは降らない。アンドンクラゲに呼び声が届いている感覚はまったくないが、ひたすら続けるしかない。

「亨」

下駄箱まで一緒に向かっていた遠藤が、踊り場で立ち止まった。

「これ、小崎ちゃんが書いたやつだろ」

周囲に生徒はいなかった。僕は教室の掃除当番だったので、下校のピークが過ぎてから教室を出ていた。

「小崎ちゃんの字ってわかりやすいよな。丸っこくてさ」

遠藤は、僕の父さんが七尾虹であることを知らない。作家だったことは知っているだろうけど、父さんが死んでから家族の話は避けている。

「図書委員も忙しいな。クラゲを呼んで移動図書室やって。お疲れ様」

「どうも」

「おまえが書いたPOPはどれ？」

「ほら、渡り廊下の」

「『山椒魚』か。読んでるやつ？」

「もう読み終わったよ。いまは『黒い雨』」

遠藤の口から、「それもあれか、魚が名前に入ってる、えっと、井伏鱒二？」と出てきた。ＰＯＰの効果は絶大だ。

「遠藤は、『氷菓』は読み終わったの？」

「まだ。テスト勉強で読み進められなくって。でもおもしろいよ。主人公がめんどくさがりでさぁ。小崎ちゃんは良い読書センスを持ってるよな」

「読書センスってなんだよ」

「造語。いま造った」

「へーすごいすごい」

適当なやりとりをしながら生徒玄関にやってきた。上履きから運動靴へ履き替える。

「で、おまえ、結局のところ小崎ちゃんとどうなの」

遠藤が軽い口調で言った。その話題はまだ生きていたのか。

「だから、彼女じゃないし」

「司書室の番人先輩は？」

「矢延先輩もない」

「なんだよー。亨の春はまだまだ来ないな」

「遠藤だって彼女いないだろ。あと、そのはやしたてる癖、ほんとにやめたほうがいいと思うけど」

「悪い悪い」

そんな調子で謝られても。

春頃にもこんなやりとりをしたっけ。　僕はつま先をコンクリートの地面で打って、履き心地を整えた。

遠藤はしゃがみこんで靴紐を結び直しながら、

「けど俺、ちょっと嬉しいんだよね」

やけにしみじみと言った。

僕はまず、何が「けど」なのかわからなかった。遠藤のなかでは「けど」を使う場面だったのだろうか。

「何が嬉しいんだよ」

小崎が彼女じゃなくて嬉しいのか、先輩が彼女じゃなくて嬉しいのか、まさか『氷菓』の主人公がめんどくさがりで嬉しいのか？

立ち上がった遠藤は「おまえが本を読んでて」とまっすぐ僕を見た。

「中学のときさ、読書家の女の子と一緒にいたじゃん、おまえ」

「読書家？　いつ」

「中二の秋の、体育祭の前だよ」

遠藤が僕をからかってきたときだ。委員会を押し付けられた僕と女子生徒。

「あの子、読書家だったの」

「そうだよ。クラスの隅でいつも本を読んでただろ。おまえとその子が一緒にいるのが嬉しくって」

思い出したのか、遠藤の顔がほころんだ。どういう感情だ、それは。おまえは僕の親か、と突っこみかけて、「だってさ」と先に口を開かれた。

「親父さんが亡くなって、おまえ、本を読むのやめたじゃん」

すうと肩の力が抜けた。僕はリュックサックの肩掛けを持ったまま、遠藤を見つめ返す。

そうだったろうか。

「あの頃のおまえは可愛げなかったよな。むすっとしたまま、死んだ顔して、ニコリともしねぇんだもん。無理もないけど。俺も何もできなかったし」

視線が一瞬だけ外された。

「わりとショックだったんだよ、おまえが本を読まなくなって。だって昔は休み時間に本を読んで、その本の話をしてくれて。俺は活字が苦手だからさ、すごいなぁって思ってた」

遠藤の表情が、朗らかなものから柔らかいものに変わっていく。まるで陽を浴びた羽毛のようだ。目を細めて、口の端を横に引いて。

「だから高校生になって、おまえが本を読み始めて、図書委員になったときは、あぁ、やっと戻ってきた！　って。俺、親父さんが亡くなったときは何も言えなかったのに、どんな期待の仕方だよって話だよな」

「そんな」僕の声は見事に掠れた。「僕は気にしてない」遠藤が何も言えなかったなんて、気にしたこともなかった。父さんが死んだのは小学三年生の頃だ。「何も言えなくて当然だろ。遠藤が気に病むことじゃない」

「そうかもしれないけど……せっかくだから、そのまま夢も戻って来いよなぁ、なんて」

「夢？」

遠藤はパチパチと瞬き、「あれ」と首を傾げた。

「夢だよ、夢。将来の夢。俺はサッカー選手だから、おやじギャグだ、ってふたりで笑ってただろ」

「何が」

「作家になるって言ったじゃん、亨」

僕が突っ立ったままなので、遠藤は眉をひそめた。

「俺の記憶違い？」

僕は言葉が出ない。遠藤が語気を強める。

「いや、言ってた。親父さんみたいになるって、本を書きたいって。でも、親父さんが亡くなった途端パタリと言わなくなったんだよ」

必死に記憶を探る。手を伸ばせばたちまち靄《もや》に突入して、見えない壁が弾力をもって僕を拒む。僕が僕に思い出すことを許さない。

「なんだよ、憶えてねぇのか？」

「……うん」

「ちっとも？」

「本当にそんなこと、」

「言ってたって。なんで俺がおまえの夢を持ってるんだよ、おかしいだろ。ちゃんと大事にしとけよな」

しょうがねぇなぁ、と遠藤は僕の肩を叩いた。

「ほら、思い出せたお祝いにアイスおごってやるよ。サーティワン行こうぜ」

バンバンと背中も叩かれた。ぐいと押されて、つかえが取れたように僕の足が前に出る。

「なあ、何食べる？　チョコミントか、バニラか、ストロベリー？」

彼は顔を見せないよう半歩先を歩いている。やけに強引だ。

「ポッピングシャワーも定番だよな。最近行ってなかったからメニュー忘れ気味だ」

「ああ、うん」

「クラゲを呼びつつアイスも食べる。これで完璧だろ。今日の任務達成。な、亨」

僕はどんな顔をしているのだろう。うまく笑えているのだろうか。自転車置き場に向かいながら、遠藤の声がどんどん遠のいていった。

迷惑かけてごめんな。

呪いの言葉がこだましている。

19

足元がおぼつかないまま眠りについて、翌日になった。

寝間着で朝食を食べながら、母さんにそれとなく尋ねてみる。「僕、昔は何かになりたいって言ってた？」

「作家でしょ」母さんは当然のように返した。「懐かしい。父さんみたいになるって息まいちゃって」

「そうだっけ」

「ま、口だけだったけど」

「口だけ」

一気に恥ずかしくなってきた。

「いまはどうなの？　どういう大学に行くのか、就職するのか。来年は受験生でしょ？　進路、ちゃんと考えてるの？」

「ぼちぼち」

適当に返答して学校へ向かう。

僕の夢、将来、作家……あまりしっくりこない。深く考えることじゃない。親に憧れるのはよく聞く話だ。忘れていたんだから、それほど重要でもなかったんだろう。

それよりもいまはクラゲだ。

授業中も空を見上げてアンドンクラゲを呼んでいるけど、手ごたえは一向にない。雲をつかむようだ。小崎はこんなことを四ヵ月も、疑うことなく続けていたんだな。

改めて彼女の強さを実感する。

味気ない部屋の隅で、僕のベニクラゲは無事に生きている。ペットショップに通ううちに店長に顔を憶えられた。いまでは餌や飼育の相談に乗ってもらっている。

放課後に司書室へ向かうと、ドアが少し開いていた。話し声が廊下まで漏れている。

「七尾虹です」小崎の声だった。

僕は喉で空気がぐっと詰まるのを感じた。

「購入予約したんだ？」矢延先輩の尋ねる声。「もう入ってる？」

「それが、どっちもずっと貸し出しされてるんです」

カタカタとキーボードを打つ音がする。事務処理をしているのだ。秋の読書週間で貸し出された本が返却される頃合いだ。

「誰が借りてるのかわかんないんですよ」

「謎だね」

「でも、じっくり読んでくれてるなら嬉しいです」

あれらは、勉強机の隅に積まれた教科書の一番下に埋められている。延滞届が発行される前に、貸し出しの延長手続きをしておかないと。返却願を書くのは図書委員の仕事だから、借りている人が誰か知られてしまう。

小崎、ごめん。あれだけはどうしても容認できなくて。

僕はそっとドアを開けた。

「あ、越前先輩。お疲れ様です」

事務イスに座る小崎が片手をぶんぶん振った。数百メートル先の人に合図をするような豪快さだ。一方、長テーブルに向かう矢延先輩は顔を上げて「よ」と軽い。

「お疲れ様です」

僕は挨拶を返して、もうひとり、矢延先輩の正面に座る関岡に気づいた。関岡は黙々と勉強を続けている。一言もしゃべらない。すさまじい集中力だ。

図書室を見遣ると、席が埋まっていた。受験生が使っているのだろう。

今週の土曜日に統一模試がある。受験会場は学校だ。僕は惰性《だせい》で受けているが、受験生にとっては重要な模試。さすがの関岡も譲ったようだ。

ドアを閉めて窓の外を見た。「すごい雨ですね」

「だね」先輩が頷いた。

外はバケツをひっくり返したような豪雨だった。さっきまで穏やかな雨脚だったが、思い出したかのように強くなったのだ。気温は一気に下がっていた。司書室では暖房が点いている。

「こういう雨のあとは晴れるよ」

シャーペンを動かしながら先輩が言う。

関岡は唇を縫ったように黙り、ノートを凝視している。

リュックサックを下ろそうとして、僕の視線はある一点に吸いこまれた。関岡の膝下だ。大きなガーゼが貼ってある。いまにもスカートに隠れそうだった。司書室の端と端で、関岡が座っているから見えた。

背後でドアが開く。

「失礼しまーす」

振り返ると遠藤がいた。

「亨、突っ立ってどうした？」

背中をポンと押されて、僕は「いや」と語尾を濁しながら長テーブルに寄り、空いているパイプ椅子にリュックサックを置いた。矢延先輩の隣だ。

「すごい雨っすねー」遠藤が言う。

「だねー」返したのは先輩だ。

「亨は帰りどうする？　おまえ自転車だろ？」

「雨具があるから、小雨になるまで待つ。小崎、返却本は？」

「これです。手続き終わりました」

「じゃあ、僕が返してくるよ」

単行本と文庫本を受け取って、僕は図書室へ向かう。本と本の隙間に古びた文芸書を挿しこみ、お勧め本のコーナーに芸能人のエッセイを並べ、参考書の棚に赤本を戻した。シャーペンと紙が擦れる音、ページをめくる音が雨音の間隙《かんげき》で響いている。関岡がいつも使っているところには、知らない生徒が座っていた。

夏の日を思い出す。積み上げられたチロルチョコ。左頬のガーゼ。小酒井先生。目撃者の義務。

本をすべて棚に戻し、司書室に戻ってドアをそっと閉める。

遠藤は僕の向かいに席を取り、その隣で関岡が一心不乱に勉強をしている。とり憑《つ》かれたようだ。懸命なんて言葉では生温い。努力でも、気負いでも、焦燥でもない。

強迫。

息を吸った。

「ガーゼ、どうしたの」

自分の声量が思ったよりなくて、でも微妙に空気を揺らしてしまって、全員が僕を見た。

関岡のシャーペンが止まった。机に向かう体勢のままだ。

意を決して僕は続ける。

「関岡、膝のガーゼ、どうしたの」

遠藤と小崎の視線が関岡に移る。先輩はシャーペンを持ったまま、頬杖をついて僕を振り返った。ぱっつんカットの黒髪が揺れる。

「こけて」

消え入りそうな声で関岡が答える。全員の前で訊くべきことじゃなかったかもしれない。でも、もう後戻りはできない。

「じゃあ、夏に頬にガーゼしてたのは？」

「あれも、こけて」

「腕にも痣があったよな」

遠藤が僕を見た。せわしなく視線を関岡に投げ、また僕を見る。顔がこわばっていた。

ひとりだけ離れたところに座っていた小崎が、立ち上がって、長テーブルに寄ってきた。

「なあ関岡、本当にこけたのか」

関岡は押し黙った。

矢延先輩が僕を見ている。口元は頬杖の手で隠れているけれど、その目は鉄のように冷たくて硬い。かたり、とシャーペンが置かれ、先輩の視線も関岡に移った。

「関岡。何かあったなら、ちゃんと話すべきところに話したほうがいいよ」

全員に見つめられ、それでも関岡は微動だにしない。

小崎の顔がどんどん泣きそうになってきた。

「勘違いなら、ごめん」

僕は謝罪で終わりにした。尋問じみてしまった。やり方を間違えたかもしれない。もっと慎重になるべきだった。パイプ椅子からリュックサックを下ろして腰かける。この空気を作ったのは僕だ。どうにかして和らげないと。

「厳しいから」

小さな声に斜め前を見ると、関岡はシャーペンを握っていた。その手が白くなっていた。長い前髪に目元が隠れている。

「お父さんが、厳しいから」

空気の出し方が下手だった。弱々しくて震えていた。でも応えてくれた。

「厳しいって」遠藤だ。丁寧な口調。「どんなふうに？」

「成績とか、テストの点とか、下がると怒られる」

「厳しい」小崎が繰り返した。納得がいかなかったのか、不満げにもう一度言う。

「厳しい？」

「でも大丈夫」

関岡は俯いたまま、肩をすぼめて、ここにいることが悪いことのように縮こまって、「大丈夫だから」と続けた。

「大丈夫じゃないでしょ。頬にガーゼはいただけないよ」

矢延先輩が告げた。いつかの凛とした声だったが、柔らかみもあった。冬の朝焼けみたいだった。

「痛いなら痛いって言ったほうがいい」

「……はい」

ぼさぼさの頭がそっと下げられる。

「ありがとうございます。大丈夫、大丈夫だから。ありがとう」

関岡は最後までシャーペンを離さなかった。

20

十一月も半ばにさしかかった月曜日。暖房の効いた司書室にいるのは、僕と小崎だけだ。

「降りませんね」小崎が返却手続きをしながら零した。

「降らないね」僕も新刊のラベルを貼りながら返す。

図書室の利用者が増えたこともあって、購入予約の本がいくつかあった。なかには少年マンガのノベライズやライトノベルもあったが、いままで使われてこなかった分の予算が潤沢なので、芝田先生は柔和な笑みで入荷を許可していた。

「遠藤先輩、最近は来られませんね」

「ああ、遠藤は次の試合が勝負だって言ってたから」

Aチームの練習に招集がかかったらしい。スタメン復帰の頑張りどころだ。

「関岡先輩も、来ませんね」

「……だね」

「忙しいのかもしれませんね。模試もありましたし、期末テストもありますし、関岡先輩、努力家だから、家で勉強されてるのかも」

僕が下手な尋問をしてしまって以来、関岡は司書室に顔を出さなくなった。どう考えても僕のせいだが、小崎はあらゆる理由を作り、遠回しに励ましてくる。本人はさりげなさを必死に演出しているのだが、相変わらず嘘や演技が下手だ。

でも、それも小崎の優しさだ。

「……クラゲ、降りませんね」

もう一度、今度は水滴のような独り言が零された。冷えた湖に一滴だけ落とされたようだった。

「降らないね」

成果はゼロだ。刺さるような冷たい雨は降るくせに、クラゲはなかなか降ってこない。

長テーブルの端、関岡がかじりつくように勉強をしていた席は、ぽっかりと空いている。

クラスにいる間、僕は関岡に話しかけられない。関岡を取り巻くオーラと、彼女を空気のように扱うクラスの雰囲気がそれを許さないのだ。

どんな理由があっても、関岡は万引きをした。覆せない事実だ。だからみんな距離をとって、自分とは違う、理解不能な人種みたいな扱いをしている。別にいじめられているわけじゃない。班で作業に取り組むとき、体育でチーム戦をしたとき、みんなは関岡を無視しない。仕事上の関係と言えばいいのだろうか。それとも上辺の付き合いか。彼女と接するクラスメートからは、ビジネススマイルと同じにおいを感じる。

あの日は問い詰めてごめん、と関岡に謝れないのは僕の弱さだ。波風立てぬようにって、クラスで萎縮している僕の弱さ。

それじゃだめだ。

必要な波風がある。海を進むには風が必要で、凪《なぎ》を受け入れてしまえば停滞する。僕は進まなくてはならない。他者への興味を持つのだ。

「あのさ、小崎」

「はい」

「遥ちゃんって、どんな子だった？」

大きな茶色の瞳が僕を見た。

「どんな子、ですか」

「そう。しっかり聞いてなかったから」

「……かっこよくてかわいくて、明るい子です。強くて、真っすぐで、とっても前向きで」

　小崎はなんてことのないように続けた。僕と目を合わせ、逸らすことはしなかった。

「笑い上戸で本が好きで哲学的でした」

「なんで知り合いになったの？」

「わたしが小学生のとき、おばあちゃんの入院先の病院で会いました。わたしと同い年で、本の話で盛り上がって、すぐに仲良くなって、たくさん話をしました」

「クラゲのことも？」

「クラゲのことも。わたしはクラゲのことを遥から教わったんですよ」

　先輩は嫌かもしれないけど、と前置きをして、小崎は七尾虹の名前を出した。

「遥が好きだったんです。わたしは遥から借りて読みました。大好きだった」

「遥ちゃんが、七尾虹を好きだったから？」

「いいえ。わたしは七尾先生が好きです」

　小崎の頬が上がる。目がキラキラと輝く。ウサギみたいだ。

「優しい話を書かれます。大好きです。新刊は長らく出てないけど、いつか出るんだってふたりで信じてました。次の本はどんなだろうね、って会うたびに挨拶みたいに話しました。新刊が出る前に、遥がいなくなっちゃったけど」

「そっか」

「既刊も絶版だから、わたし、他に読む方法がなくって」

父さんの死は公表されていない。鳴かず飛ばずの作家だったし、僕自身も、あいつはすぐに忘れ去られて時間に磨り潰されて消えていくものだと思っていた。小崎や遥ちゃんのように、次を待っている人がいるなんて微塵《みじん》も思っていなかった。あの『未完成本』は、僕なんかのためじゃない。こういう人のためにあるのかもしれない。

「遥ちゃんが亡くなった次の日にクラゲが降ったこと、何か意味があるのかな」

意図的に避けてきた話題を振ると、「わかりません。でも、あるかもしれません」と返ってきた。小崎の目線は下げられていた。借りたままにしていたおもちゃを、大人になってから返すようだった。

「わたし、あの日は悲しくって、なんだか怒ってしまって、これ以上ないくらい世界を傷つけたくて。でも、遥との約束を果たせなかった自分も嫌だったんです。余命わずかって言われてたのに、死なないって信じてた。信じ続けた自分が馬鹿だったんだって、逃げてただけだったんだ、って気づいて、悔しくて悲しくてどうしようもなくって、そしたら」

「クラゲが降ってきた？」

「はい」

クラゲが降る条件には、そういう感情も関与しているのだろうか。あのクラゲの降り方は怒りを感じさせたけれど。

はたと小崎が首を振った。

「いまでもときどき悔しくなりますよ。でもクラゲは降りません。だからわたし、どうしてクラゲが降ったのか本当にわからないんです。遥のお葬式だって、クラゲを必死に呼びました。最後に見せてあげたくて。でも」

「降らなかった」

「はい」こくんと頷いた。色素の薄い長髪が揺れる。

「もしかして、クラゲを呼んだのは小崎じゃなくて遥ちゃん、だったりする？」

「いえ。呼んだのはわたしです」小崎はきっぱりと言い切った。「アカクラゲ。遥と最後に話したとき、アカクラゲを呼びたいって言ったのはわたしだったんです」

「写真を見ながら呼んだんだっけ？」

「呼びました」

「遥ちゃんがアカクラゲを呼ぶ可能性はないんだ？」

「もし遥が呼んでいたら、降るのはタコクラゲです。遥はずっとタコクラゲでした」

小崎は嘘が下手だ。だから、言葉が本心のときはすぐに知れる。いまは本心だった。

もうすぐ十二月がやってくる。クラゲ乞いをして二ヵ月が経つ。僕らは毎日アンドンクラゲを呼んでいるが、手ごたえはまったくなくて、このまま十二月を迎えて一月になって、降らなかったら。

不安になってきた。


十一月末。いよいよ肌寒さが強まってきた。天気が安定したので、僕らは屋上に出られるようになったが、アンドンクラゲが降る気配はない。

「本当に降るのかな」

遠藤が帰り道でつぶやいた。疑ってるわけじゃないけど、と付け足される。

「俺、関岡ちゃんの説を推したいんだよね。トリガー説。かっこいいし。でもエネルギーの蓄積はともかくさ、別の方法とか試してみてもよくね？」

僕は曖昧な返答をした。

このまま続けるにせよ、やり方を変えるにせよ、何かひとつ大きな決定打が不足している気がした。関岡のこともクラゲのことも、なんとなく中途半端だ。

ただひとつだけ、確実に進んでいることがある。井伏鱒二の『黒い雨』の終わりが見えてきた。これが終われば、いよいよ開かずの本棚の四段目に突入する。

21

遠藤が司書室に飛びこんできたのは、その週の木曜日のことだった。

彼は関岡の腕を引っ張って、片手に一冊のハードカバーを持っていた。

「あのさ、ちょっと考えてみたんだけど」

開口一番から話が始まっている。

なぜ関岡の腕を引っ張っているのか、関岡の口元がへの字に歪んでいるがそれはいいのか、サッカーの練習は。訊きたいことは山ほどあったが、僕は事務イスに座ったまま「どうした」と尋ねた。

「クラゲを呼ぶ方法だよ。別のアプローチっていうの？」

「別の」小崎は長テーブルで古典の課題をしていた。本人は以前から「どちらかと言えば文系ですから！」と宣言していたが、苦戦している様子だった。

司書室にずんずん入ってきた遠藤は、関岡を小崎の隣に座らせる。パソコン台の前で事務処理中の僕を手招きした。

「今日はクラゲ乞いの話し合いということで、関岡ちゃんにも来てもらったからな」

関岡はまごついているが、連れてきた当人は「番人先輩もいてほしかったけど、仕方ねえな」と気にも留めず、Ａ４サイズのハードカバーを長テーブルに置いた。

『解明されていない世界の七つの謎』

うさんくさい題名と表紙の本だ。市立図書館のバーコードが貼られている。

「これは？」

僕の質問は無視された。

三百ページはあるだろう本をめくり、遠藤は「ここなんだけど」とあるページを開いた。

鉛筆画が一面に描かれていた。頭に手をかぶせて逃げ惑う人々だ。空は雨雲が垂れこめている。だが、降っているのは雨じゃない。魚だ。ファフロツキーズ現象、という禍々しい書体の文字が右端にあった。

遠藤は次のページをめくる。文字が二段組みで並んでいた。やはり不安をあおる書体だ。

普段は空から降らないものが降る現象。ファフロツキーズ現象。現象の説明、原因とされるもの、目撃例がイラストや写真と共に記載されている。古くから現在に至るまで、世界のあらゆる場所で発生しているらしい。日本でも八〇〇年代と現代に目撃例があるようだ。オタマジャクシが散らばった写真が載っている。

「俺、あれからずっとアンドンクラゲを呼び続けてたんだけどさ、他に何かいい方法ないかなって思って。で、いろいろ考えてみたんだよ。そしたらそこで関岡ちゃんに会って、思いついた」

「それが、これ？」

「それが、これ」遠藤は得意げに胸を張った。「もちろん、八月のクラゲはファフロツキーズ現象じゃない。小崎ちゃんが呼んだ。それが前提だ。けどさ、これ、俺たちで起こせないかな」

「これって、ファフロツキーズ現象？」

「そう」

僕のみならず、小崎もぽかんと口を開けて遠藤を見上げている。

こいつは何かと調子のいいやつだが、それにしては論理が吹っ飛んでいる気がした。

「何だよ、みんな呆けた顔して。俺なりにいろいろ考えたって言ってるだろ。全員でのクラゲ乞いに参加できないんだから、その分は頭を働かせたんだよ」

遠藤は話を続ける。

「サッカーでパスを出すとき、相手の前に出す。走りこみを予想してな。パスが上手い選手ってのは、味方の走りこみを熟知していて、その足元に吸い付くようなパスを出すやつのことだ」

突然のスポーツの話題。小崎が首を傾げたまま止まっている。関岡は動かない。

「試合展開は選手の動きで変わる。パスを出す司令塔っていうのは、試合を動かす、いわばゲームメーカーの仕事だ。俺のなりたいものだよ」

「おう、そっか」キラキラした目を向けられたので、僕は首肯で返した。それは立派な夢だな。半ば勢いに負ける。「それがどうクラゲ乞いにつながる?」

「まあまあ落ち着いて聞けって。いいか、クラゲは一度降ってる。だよな? じゃあ、クラゲにパスを出してやれば、またクラゲは走りこんでくるんじゃないか?」

「走りこんでくる?」

「パスを出す……?」小崎の首を傾げる角度が大きくなった。

パイプ椅子で縮こまっていた関岡が、「その」と申し訳なさそうに上目遣いをする。

「きっかけを、作る、ってことだと思う」

「その通り。きっかけさえあれば、クラゲはまた降るかもしれない。さすが関岡ちゃん」

「じゃあわたし帰るね」

関岡は立ち上がろうとしたが、遠藤に「だめだ」と遮られた。「仲間だろ。一緒に聞いてくれよ」

僕の知る限り、関岡は、クラゲ乞いの仲間になるという宣言をしていない。小崎も聞いていないはずだ。しかし遠藤には関係ないらしく、彼は「頼りにしてるからさ」と関岡の肩を叩く始末だ。

「で、きっかけを作るって、どうするんだ？」

「まずは、クラゲじゃないものを俺たちで降らせる。これしかない。例えば、魚」本の挿絵が示された。道路のあちこちに十五センチほどの青魚が落ちている。空から降ってきた魚らしい。魚市場に向かうトラックが、落としたようにも見えるけど。

「魚が降ったらクラゲも降ってくる。魚からパスを受けてさ」

「刺激されて？」言い換えると、遠藤が親指を立てた。

「刺激されて」小崎が物を憶えるように反芻している。話題に取り残されている表情だ。

「わたし、帰る」

立ち上がった関岡の肩を叩き、遠藤は座らせた。やけに頑《かたく》なだ。関岡もさすがにむっとしたらしい。「帰るってば」

「でもこの本を持ってたのは関岡ちゃんだろ」

「それは、」彼女はぐっと黙った。長い前髪の奥で動揺が見えた。

「ファフロッキーズ現象について調べてたのも関岡ちゃんだ。俺はそれを見て思いついただけ。あとさ、エネルギー説にも有効だと思うんだよ。呼ぶ気持ちや行為が大切なんだろ？　ならできるだけ動こうぜ」

「……では、」小崎が関岡の正面に立ち、顔をぐいと近づけた。「今日から関岡先輩も正式なメンバーです！」

関岡が顔を逸らす。

たぶん、小崎の目は太陽よろしく光っているに違いない。

「関岡先輩が持ってきてくれたきっかけと、遠藤先輩の発案です。ファフロッキーズ現象を起こす、これはやらねばなりません！」

本気か。

翌週の木曜日。期末テストが迫っていた。司書室で僕の話を聞いた矢延先輩は、長テーブルで勉強しながら「気合入ってるね」と言った。「クラゲが降るのを待つんじゃなくて、こっちから迎えに行くわけだ」

そういう見方もできるのか。

「待っている暇があるなら、迎えに行ってあげるべきだよ」

「って、好きな作家が言ってたんですか？」

「いや、あたしが思っただけ。迎えに来てもらった方が、クラゲも喜びそうでしょ」

「クラゲも喜ぶ……」

他者への興味には、クラゲの感情も含まれるのだろうか。線引きって難しい。でも僕だって、誰かが迎えに来てくれると嬉しい。

先輩はいよいよ追いこみの時期となっていた。志望校が名門大学なのだろう。勉強量も難易度も尋常じゃない。けど、積まれた参考書とワークの一番下にはハードカバーがある。佐藤正午《さとうしょうご》の『永遠の1／2』だ。『永遠の0《ゼロ》』なら聞いたことがあるけど、あれは百田尚樹《ひゃくたなおき》だったような。

先輩は僕を一瞥した。ふっと笑い、ハードカバーの背表紙をシャーペンの尻で叩く。

「とり憑かれてるからね」

関岡の勉強に対する憑かれ方と、先輩の読書に対する憑かれ方は、ずいぶん違う。

「勉強の合間に読むんですか？」

「合間に読むと一気読みしちゃって失敗するから、課題のあとにとってるんだよ」

山積みの参考書。単語帳もワークも過去問もある。その全部を終わらせて、ご褒美に読書か。

「越前くんは、いま何を読んでるの？」

「『斜陽』です」

「太宰だ」

もちろん、図書室から借りたものだ。

開かずの本棚は下から四段目の左端に突入した。そこは太宰治の文庫本のコーナーだった。『走れメロス』は中学生のときに教科書で習ったが、他にも『人間失格』や『津軽』といった名作がそろっている。父さんはとにかく名作を集めていたのか、太宰治のコーナーの隣には志賀直哉《しがなおや》の名前があった。『城の崎《きのさき》にて』しか知らない作家だけど、『暗夜行路』や『灰色の月』なんて作品もずらりと並んでいた。

「太宰はどう？」

「リズムが独特で難しいです」

「だよね。そのリズムと読点の打ち方、あたしは好きだよ」

「先輩は、本なら何でも好きですね」

「小説はいいよ。真っ白な紙にインクで文字を写しただけなのに、人の心を動かす。魔法みたいなものだ。生み出される意味があるものだよ」

そんなふうに読んだことはなかった。

父さんの書いた本は、僕にとって無意味なものでしかなかった。だから本棚に押しこんだままなのだ。

「読書好きは、みんなそんな読み方をするんですか？」

「さあ、千差万別じゃない？　優子ちゃんの読み方とか知らないし」

「そういう話、しないんですか？」

「読み方なんて人それぞれだよ。顔や声や指紋がひとりひとり違うのと同じ」

小崎はまだ来ていない。教室掃除だろう。

窓の外は曇天だった。重みのある鉛色《なまり》の雲が一面に被さって、いよいよ底冷えする季節だ。朝は寒く、昼もそれほど気温が上がらず、夕方と夜の境目がない。乾燥した北風に首をすぼめて歩く。いかにも冬らしい天気だ。

アンドンクラゲは、降っていない。

「降るんですかね」

先輩が顔を上げた。いたずらを思いついた子どものように目を細めた。

「諦めるの？」

「諦めませんけど、でも、あまりに何も起こらないから。小崎はどうやってクラゲを呼んだんだろう」

梅雨の日、学校が停電したあの日。先輩の凛とした声と横顔を思い出す。

理不尽なんだよ。だからクラゲを呼んでいるんだ。

小崎がクラゲを呼んだ理由。その条件。たくさん考えたし、小崎からたくさん話を聞いた。新説も提唱された。僕自身、クラゲに詳しくなったつもりだ。ベニクラゲも元気に生きている。

「完全に同じ条件を再現するって、無理ですよね」

「無理だね。タイムマシンが必要になるよ。一瞬一瞬がいまの現実だから」

「僕が呼んでる時点で、違いますもんね」

「誰でも呼べるものだと思うけどね」

「……だといいんですけど」

関岡の持っている本がきっかけで誕生した、遠藤の案。例のクラゲにパスを出す作戦は、計画段階に入っている。

特にノリノリなのは発案者の遠藤だ。学校、勉強、サッカーと忙しない日々のはずだけど、一度決めたら徹底的にやる姿勢は変わっていない。昔からずっとそうだ。あいつは自分の決意を必ず守る。どれだけ周囲に迷惑をかけようとも。だから嫌いだった。

いまは少し、違う。

僕はリュックサックから『斜陽』を取り出した。しおりはまだ前半に挟まっている。

今週の月曜日に立てられた計画はこうだった。

まず、大量の魚を集める。降らせるためには降るものが必要だ。それを一ヵ所に寄せて、ファフロツキーズ現象を起こす。

ファフロツキーズ現象の原因は諸説あるが、関岡が言うには、

「竜巻が海の水や地上のものを巻き上げて、魚や虫を空に放り上げる。それが降ってくる。これが通説」

『解明されていない世界の七つの謎』には不安をあおるような説があったが、竜巻説はいつかのテレビでコメンテーターも言っていた気がする。

ちなみに、他には、鳥が呑みこんだものを吐き出したとか、飛行機の貨物が落ちてきたとか、UFOが落としたとか、現実味の残る説からファンタジックな説まで多種多様だ。

鳥が大量のサバを落とすとは思えないし、飛行機が大量のオタマジャクシを落とすとは思えない。UFOはノーコメント。やはり、竜巻説がいちばんしっくりくる。

「じゃあその線でいこう」遠藤はさくさく決めてしまう。「俺たちで竜巻を起こすんだ」

「竜巻は上昇気流。たとえば積乱雲の下に起こりやすい」

すらすらと関岡の補足が入った。さすが、勉強をやりこんでいるだけある。

「大気の状態が不安定じゃないと、竜巻は起こらない」

「魚を一ヵ所に集めてさ、その周りの空気をうんと温めたら、上昇気流が発生したり

しないか？」

「……まあ、理論上は発生する、けど」

「冬の冷えた日に空気を温める。どうだ？」

「それで竜巻を起こすって？」

僕が口を挟むと、遠藤は嬉しそうに「いけるだろ」とのたまった。

「いけないいだろ、それは」

「なんだよ亨、弱気だな。やってみなくちゃわかんないだろ」

「仮にできるとして、魚はどうする？　まさか買うのか？」

待ってました、とばかりに遠藤の口角が上がる。

「高校の近くにある池。あそこ、近所のガキの釣りスポットなんだよ。魚の宝庫。フナもメダカもブラックバスもなんだっているぜ」

アカクラゲで水面が埋まっていた大きな溜め池だ。峯高生はほとんど近寄らない。僕も行ったことはない。

「じゃあ池の周りの空気を温めるってこと？」関岡が尋ねた。

「いや、さすがに無理だ。広すぎる。でも、魚の調達はあの池が最適だろ」

「本気で魚を降らせるんだな？」

「本気だよ」

遠藤はてこでも動かない。

「で、小崎はどう思う？」

僕はずっと黙ったままの小崎に振った。

数学と理科系のテストで壊滅的な点数を叩きだし、課題に取り組むたびに頭を抱え、常々ノートの再提出をくらっている小崎だ。関岡の話に追いつけていないのか、頭をフル回転させるためにエネルギーを振り切っているようで、ピクリとも動かない。

「小崎？」

「……つまり、ちょうどいいくらいの水槽がいるってことですか？」

「そうだな」頷いたのは遠藤だ。

顎に手を当てて「なるほど、なるほど」と繰り返し、小崎は顔を上げた。

「プールはどうですか」

広い運動場を挟んだ校舎の反対側、コンクリートの土台の上にある、二十五メートルプール。雨水が溜まって藻《も》が生えている、長らく使用されていない、掃除もされていない、それこそ貯水池となったプールだ。

「あそこなら、魚を泳がせてもばれなさそうだ」遠藤だ。

「誰も近寄らない」関岡が低い小声でつぶやく。

「魚のつかみどり、できるかな」小崎は真剣に間違った心配をする。

僕は、自分が笑っていることに気づいている。呆れているはずなのに、咎《とが》めるべきなのに。以前の僕なら馬鹿にして離れていた。

でも。

世界への反撃方法は、案外たくさんあるのかもしれない。

結論が出た。池に赴《おもむ》いて魚を釣り上げて、バケツでプールに運ぶ。そしてプールの周辺に上昇気流を作る。方法はまた考えるとして、決行日も決定した。再来週の金曜日。期末テストの最終日だ。

「最終日なら残業する先生もいないと思うし、遅くまで部活動する生徒もいないと思う」

関岡の助言が冴えわたっていた。彼女は続けて、「わたしも行きたい」と言った。

誰も止めはしなかった。

「魚が降ったらクラゲも降るかもしれない。確証なんてなくても、そういう可能性を追求してくのは、あたしも好きだよ」

矢延先輩は、受験生じゃなかったら参加してたのにな、とシャーペンを手元で回した。

「まあなんだ、止めはしないからさ、各所に警戒しつつ頑張っちゃって」

僕は、どうも、と苦笑いで頭を下げる。

そうして期末テストがやってきた。

22

テスト最終日。

クラスの空気は朝から浮かれていた。今日が終われば午前授業になり、冬休みは目前だ。クリスマス、それが過ぎればお正月。イベントにイベントを掛け合わせたような年末がやってくる。

最後のテストは地理だった。空欄を埋めながら、足りない時間に歯がゆい思いをする。暗記できるところは詰めこんだけど、まだまだ勉強脳にはなれそうにない。チャイムと同時にシャーペンを置いて、解答用紙を後ろから集め、テストが終わった。

窓の外は曇り空だった。クラゲは降ってこない。みんな我先にと教室を出ていく。僕も流れに乗って生徒玄関へ向かい、履き替えて自転車置き場へ。寒空の下、マフラーとコートに身を包み、吹きすさぶ風を切りながら家に帰った。昼ごはんを食べるためだ。

母さんは取材で九州に飛び、今日の早朝に帰ってきた。昼から出社するらしい。本当に休まない人だ。熱中症から学ばないというか、よほど仕事が……というより、本が好きなんだろう。

昼食はたぶん、昨晩に僕が作ったカレーになる。

弁当も作ってみたかったが、家庭科の調理実習しかしてこなかった僕に、複数のおかずを短時間で作る技量はなかった。それに、どちらにせよ家に帰る必要があった。制服で例の作戦を決行するわけにはいかない。池で魚釣りをするのだから、まずは着替えなければ。

「ただいま」

ドアを開けると、カレーのにおいが漂っていた。奥から「おかえりー」と聞こえる。荷物を置いてダイニングキッチンに向かうと、暖房が効いていた。

「手洗いうがいは？」

「した」

母さんがよそってくれた皿を、テーブルに運ぶ。

僕がカレーを作ったと知ったとき、母さんはLINEで『やっと作ったのね！』とスタンプと一緒に送ってきた。いままで僕が嘘を吐いていたこと、ごはんをコンビニ弁当で済ませていたことに気づいていたのだ。

「ほんと、亨の作ったカレーなんて久しぶり」

「それ何回目？」

「だって小学生以来じゃないの」

「早く食べよ」

「待って、写真」

「もういいから」

いただきます、と手を合わせる。スプーンですくって一口。母さんが作るカレーと同じで、かなりドロリとしている。結局僕の身体はドロドロで構成されていくけれど、自分で作ったカレーはなんだかおいしい。

「あーおいしい」母さんは大仰に味わいながら、「最近は、学校はどう？」

困る質問だ。「普通」と返す。「テストも終わったし」

「勉強はわかるの？」

「それなりに」

「そう。塾とか行かなくて大丈夫？」

「うん。……図書委員の活動があって、」

ルーとライスを混ぜながら続ける。

「来週から、移動図書室っていうのをやる」

テスト直前の図書委員会議で、急遽《きゅうきょ》、期末テスト後にも移動図書室をすることになった。一部の生徒から要望があったためだ。〝今年最後の読書週間〟と命名され、一週間だけ当番が決められた。

突然のことだったが、以前使用したワゴンはそのままにしてあったので、準備することは何もない。登校時間と下校時間になれば廊下にワゴンを置き、貸し出しの手続きをするだけだ。僕と小崎の当番は月曜日の放課後になった。

「楽しそう」母さんは満足げだ。「移動図書室かぁ」

「九州の取材は上手くいったの？」

「もちろん。桜島《さくらじま》と、火山災害のノンフィクションを書いてる作家さんのツーショットを撮ってきたのよ」

「次の特集?」

「ううん。それは別の雑誌に寄稿するコラム。次の特集は、ミステリー小説がアニメ化されるから、それ」

また映像化か。本は本のままでいいじゃないか。

顔に出ていたのか、母さんが「あんたはわかりやすいねぇ」とからりと笑った。

「昔は本が好きとか作家になりたいとか言ってたけど、いまでも大事に思ってるのね」

「え」

カレーの最後の一口が、スプーンから滑り落ちた。

大事に思っているのだろうか。

「そうだよ」と父さんが力の抜けた表情で言っていた。「本が好きなんだ。本を書く仕事ができて嬉しいんだよ」いつの記憶か定かじゃないけど、僕に向けられた言葉だ。「そうだよ」の前には何があったのだろう。

「何その呆けた顔」

「あ、うん。僕、本が好きって言ってた?」

「お父さんが顔をくしゃくしゃにして喜んでたじゃない。憶えてないの?」

「そうだっけ」

母さんは「そうよ」と大げさに驚く。「昔はほら、児童文学も読んでたし」

「まあ、うん」

遠藤は、父さんが死んでから僕が本を読まなくなったと言った。

僕は読書が時間の無駄だと思っていた。いつから思い始めたのかはわからない。気づけば本は意味のわからない難解な代物になっていた。

「亨は、まだ作家になりたい？」

「……なんとも」

苦笑して、皿に落ちたカレーを再度すくった。

遠藤のおかげで知った過去だけど、思い出してすぐに「なりたいです」とはならないし、だいたい本を書くって、なんだろう。父さんはどうして作家になったのだろう。父さんがいれば、僕の夢は僕のなかで生き続けたのだろうか。何かが変わったのだろうか。

でも、もういないから。迷惑をかけたまま死んでいったから。どうしようもない。

心のなかでアンドンクラゲを呼びつつ、僕は皿洗いをした。

母さんが仕事に行ってから家を出た。

暖かい服装で池に向かう。信号待ちをしていると、スマホに『着いた！』と遠藤から報告。続けて小崎も『着きましたー！　関岡先輩もいます』。関岡は携帯電話を持っていないらしい。

僕もほどなくして到着した。どんよりと曇った灰色の空の下、近くに自転車を停めて、草が生え放題の畔《ほとり》へ駆ける。三人は雑草を踏み固めて場所を作っていた。そばには池の水を汲んだバケツがいくつも用意されている。

「さ、始めようぜ」

竿《さお》を持ってきていたのは、ダウンジャケット姿の遠藤だった。父親の趣味が釣りらしい。僕らは初めて釣りをするので、彼に教えてもらいながら餌を付ける。

小崎と関岡は動きやすいパンツスタイルだった。関岡はジーンズに分厚いセーターとジャケットで、大きなトートバッグを持っている。小崎はパンツと短めのコートに、いつものパンダ柄リュックサックだ。着替えの時間を作るために茶道部を休んだらしい。

釣り人といえば、テレビで船に乗って大魚を掴んでいるイメージだ。それに比べるとみんなラフだった。遠藤ですらラフだ。

「もう糸は通してあるから」

遠藤が僕に竿を差し出した。本格的な竿はずっしりと重かった。

「まず後ろに人がいないことを確認して、糸を垂らして、竿を体の後ろに。次に竿を前に振って、」

ブン、と隣で風を切る音。しゅるしゅると糸が勝手に伸びて、浮きが弧を描いてぽちゃんと水面に落ちた。

「こんな感じ。投げるときは糸から指を離せよ」

遠藤のマネをするが、思ったよりうまく飛んでくれない。僕の浮きはふにゃふにゃと揺れて斜め右へ落ちた。

「難しいな」

リールを巻きながら距離を調整していると、つい、と浮きが下がる。

「ヒットだ！」

「え、釣れたの？」

「釣れてる！　亨、上げろ！」

手ごたえを感じないままリールを巻いていると、わずかに波打つ水面から小さな塊が姿を現す。糸の先には小魚が食いついていた。

「おお……」

針を外してバケツに入れる。

「わあ」バケツを覗きこんだ小崎が感嘆した。「魚って、釣れるんですね」

「釣れるんだね」

関岡はそもそも針に餌が上手く付かないようで、僕の成果に見向きもしない。懸命に手元で格闘している。

「これ、どうすれば」

「そこはほら、こうやって後ろから針を」

遠藤に教えてもらって、ようやく付いたらしい。眼鏡と前髪に隠れた顔が華やいだ。そして投げこんですぐに大きな魚を釣り上げた。種類なんて誰も知らないので、僕らは「でかい魚だ！」「でかいぞ！」としか反応できない。さすがの関岡も、池に生息する魚までは知らないらしく、「大きいの、釣れた」と言った。

小崎は餌を投げこむところで苦戦していたが、次第にコツを掴んだようだ。「ふん！」と鼻息も荒く竿を振り下ろし、誰よりも遠くまで餌を飛ばせるようになった。

「すごいな、小崎」

「これくらい朝飯前です！」

遠くまで飛んだ小崎の餌は、中くらいの魚をおびき寄せた。「来た！」と豪快に釣り上げる。

「やったあ！　なんて魚でしょうか」

「さあ。遠藤はわからないの？」

「親父は海専門だしなぁ。俺も最近は行ってないし、何とも。小さかったらフナ、でかかったらブラックバスでいいんじゃね？」

「そんな適当な」

「いいんだよ、どうせ空から降らせるんだから、魚なら魚でオーケー」

関岡は定期的に大きな魚を釣り上げている。その隣で小崎も小魚を。僕も浮きの沈み方がわかってきたので、小魚と大きめの魚をゲットした。遠藤だけが何もなく、リールを巻けば餌がなくなっている。

「俺、昔は上手かったんだけど」

「腕が鈍ったんじゃないか」

「ブランクあるからなー」

彼だけ肩透かしを食らっていたが、バケツにはどんどん魚が溜まっていった。

腕時計の短針は、二時から三時、四時、と位置を変えていく。

「で、どうやって竜巻を起こすんだ？」

僕が誰ともなしに尋ねると、「いろいろ考えた」と関岡から声が上がった。

「上昇気流を起こすには、一部の空気を周囲の空気より温めないといけない。手っ取り早いのは、火」

薄々思っていたが、やっぱり火を使うしかないのか。

「いよいよ怒られそうだな。火遊び」

学校のプールはグラウンドの隅にあり、コンクリートの土台の上面に長方形の穴が掘られた形だ。つまり地面より一段高いところにあるので、グラウンドからなかを覗くことはできない。また、グラウンド側は緑色のフェンス、残り三方向はコンクリートの塀で囲われている。人目に付きにくい構造ではあるが、火を使えばさすがに目立つはずだ。

「実はわたし、こんなものを持ってきました」

小崎がリュックサックから、手持ち花火の束を取り出した。

「温めるなら火かな、と思って。夏の残りなので、湿気《しけ》てるかもしれませんが」

「お、いいね」

「わたしも、花火」

関岡がトートバッグから取り出したのは、筒状の花火。噴出花火だ。バッグから次々出てくる。

「ノリノリだな、関岡ちゃん」

遠藤が頬を緩めた。関岡も心なしかはにかんでいるように見える。

日が暮れてきた。暗くなる前に釣り道具を仕舞い、草むらに隠す。僕も自転車を隠した。

四時半を過ぎて、あたりはどんどん夜に近づいていく。十六個のバケツが魚でいっぱいになった。

「一度に全部持っていくのは無理だな」

「往復しよう」

僕らは両手にバケツを持って、ひとまず八個だけ運ぶことにした。

高校へ向かう。

校門は閉まっていたが、グラウンドの隅にある小さな門は開いていた。ここは扉もなく、いつもチェーンをかけるだけなのだ。乗り越えてしまえばどうってことはない。

校舎は静まり返っていた。明かりひとつ点いていない。校庭は空っぽで、弓道場も道場も人気はない。曇天は明日いっぱい続く予報なので、月光もなく真っ暗だった。近くの街灯だけが頼りだ。

小学生の頃、真夜中の校舎が怖かったことを思い出す。夏祭りの日だ。ふざけ半分で友人と連れだって肝試《きもだめ》しに行って、昼間と全く違う、黙って佇む校舎に圧を感じて、背中にびっしょりと汗をかき、後悔した思い出。

いま僕らの前にそびえる高校の校舎も、小学校の校舎と同じように、沈黙のなかで巨大な存在感を放っている。明かりのない様はとても無機質だ。こちらを睨んでいるようだし、呼吸をしていないようでもある。

「行こう」

自然と小声になった。忍びながらプールサイドへ向かう。

まず僕と遠藤がコンクリートの土台へよじ登り、遠藤がフェンスを越える。僕が関岡と小崎からバケツを受け取って、フェンスの上から遠藤に渡す。バケツリレーだ。こぼれないように、細心の注意を払いながら持ち上げる。水の入ったバケツは重くて腕が震えた。

全部で八個。大漁のバケツをすべてプールサイドに運び終えると、関岡が土台によじ登ってきた。外見に似合わずアクティブだ。背の足りない小崎をふたりで引き上げて、フェンスを乗り越える。フェンスもコンクリートも冬の寒気になじんで冷えていたが、僕の掌と体の芯はぽかぽかと温まっていた。

プールには藻が大量に浮いていた。コンクリートのタイルが敷き詰められたプールサイドには、所々から雑草が飛び出している。池に似た水の臭いがしていた。

僕らは無言で目と目を合わせ、そっとバケツを傾けた。水がバケツの縁から滑り落ちて、なかにいた魚も一緒に巻きこんで、プールに入って行く。ときどき、どぼんどぼん、ぽちゃん、ぼちゃん、と音と飛沫《しぶき》が上がる。

池と校舎を往復して、十六個のバケツは空になった。

プールのなかには大小さまざまな魚が泳いでいる。悠々と自由気ままに、まるでそこが自分の居場所のようだ。

「水族館みたいですね」小崎が弾んだ声で言った。「ツアーで裏側に入ったことがあるんです。バックヤードの大水槽みたい」

黒っぽい水面に魚の背が翻った。苔《こけ》むしたプールも、割れたタイルも、汚れた雨水も、とても美しい光景に見える。

「……いま、何時？」関岡の声が控えめに響いた。

「五時五十分だな」遠藤がスマホを見た。「用事？」

「門限」

「門限？　帰らなくていいの？」僕も少しだけ声を大きくする。

「いい」関岡は吐息と一緒に声を零した。「あのさ、みんな、わたしが万引きで捕まったの知ってるんだよね？」

暗闇のなかで、僕らの視線が関岡に吸い寄せられた。

関岡の横顔がぼんやりと見える。

「知ってるよ」答えたのは僕だった。

「どうしてクラゲ乞いに誘ってくれたの」

「関岡ちゃんは仲間だろ」遠藤だ。

「けどどうして」問いかけは淡々としていた。「わたし、万引きしたんだよ」

「上手く言えませんけど、」小崎は、普段の幼稚で甲高い声をできる限り柔くしていた。「関岡先輩が、クラゲを呼ぶ方法を考えてくれたからです」

「でも普通は避ける」

「じゃあ、なんで関岡はクラゲ乞いに参加しようと思ったんだ。今日だってたくさんの花火を持ってきて」僕は努めて優しい声音を作った。

もし僕が関岡の立場だったら。自分で自分のやった失態を口にして、誰かに理由を尋ねる意味はなんだろう。

関岡は息苦しいんじゃないか。そんなとき、非難されるような口調はもっと酸素を奪うだけじゃないか。

街灯の明かりは仄かにプールの水面を照らし、魚が生む波紋に乱反射している。夜の音だけが続いていた。

「……わたし、お父さんの理想と違うことがしたくて」

ちゃぷんと魚が翻り、水と空気の混ざる音がした。

「わたしのお父さん、受験で失敗してる。浪人《ろうにん》しても行きたい大学に入れなかったんだって。兄弟はみんなそこの大学に行ったのに、自分だけ弾かれ続けた。だから代わりにわたしを行かせようとしてて、つまりわたしは、お父さんが行けなかった大学に入るために、勉強を頑張ってる」

空気のなかに塊が落ちるようだった。それはまるで凝固した血みたいで、関岡の口からぽろぽろ零れて、プールにぽとんぽとんと落ちる。

「勉強なんて大嫌い。お父さんのために頑張りたくない。でも成績悪いと叩かれるし、お母さんはわたしの応援しかしないし」

僕の下手な尋問の答えが、いま、水面を打っている。

「家《うち》はどうしてこんなに厳しいんだろうって思うけど、お父さんは本当にその大学に行きたかったんだなぁ、悔しかったんだなぁ、とも思う。テストの点が下がるとわたしも悔しいから、現実が応えてくれない辛さはわかってたつもりだった」

またちゃぷんと魚が翻る。

「高二になって、受験勉強をするようになって、わたしはこのまま勉強をして、やっぱりお父さんの行けなかった大学に行くんだなって思った。そしたら途端に馬鹿馬鹿しくなって、嫌になって。お父さんがしてほしくないこと、しなかったことをしたくなって」

だから、万引き。

「いまも同じ。クラゲ乞いも、クラゲテロも、ファフロツキーズ現象も、お父さんが絶対に思いつかない、してこなかったことだから」

僕の頭のなかで、事務イスに座った矢延先輩がクルクル回っている。

悶々と悩んでぐるぐる回って涙が出て、ひとりで苦しんでしまう。世界中でひとりぼっちになってしまう。その子もきっとひとりなんだよ。ひとりは凍えそうで息苦しくて、最も近くにいる、気軽にやってくる地獄なんだ。

「誰かに相談すればよかったのに」

「できないよ、こんな家庭の事情。何を言っても言い訳になるだけ。万引きって窃盗だから、犯罪行為なんだよ。悪いことだってわかってるのにやめられなかった。最悪だよね」

「俺は関岡ちゃんに励まされたけどな」遠藤が言った。

関岡は怪訝な顔で遠藤を見た。

「毎日学校で勉強して、遅くまで塾に行ってるんだろ？　ハードスケジュールこなしててすごいじゃん」

静かだが、熱がこもっていた。

「俺は、関岡ちゃんみたいにはできないなぁって思ってた。サッカーは好きだけど、そんな毎日はきつそうだなってさ。でもよく考えたら、朝練して、学校行って、授業受けて、」

遠藤は指を折って数えているようだ。

「帰って、飯食って、サッカー練習して、」

折られた指が開かれていく。

「宿題して、自主練して、ストレッチして、しっかり寝て。なんだよ、俺も頑張ってる」

「それは、ちょっと違う」関岡が鋭い声を出した。

「わたしはやりたくないのにやってる。遠藤くんはやりたくてやってるでしょ」

「同じだろ。強制されてやってても自由にやってても、同じだよ。俺ら、頑張ってる」

「そうです、頑張ってますよぉ」小崎が両手を高らかに突き上げた。「すごいです。わたしにはできません。頑張ってます！」

「そうだよ、頑張ってるよ、関岡も遠藤も」僕も続く。「遠藤だってAチームに戻るんだろ？」

「戻るよ。次の試合で大活躍してやる。関岡ちゃんは次のテストで良い点を取ろうとしてる。同じだよ」

「そう、なのかな」

「そうだよ」

「そうですよ」

「僕は、てっきりチロルチョコに恨みでもあるのかと」

苦笑混じりに言うと、関岡がこちらを向いた。眼鏡の奥で黒い瞳が瞬き、「それ、は、大きさが、ちょうどいいし、安い、から」

「じゃあ、積んでたのは？」

「積んで……」ごく、と唾が呑まれた。「気づいてたの」

「ごめん」

「……案外、高く積めるんだな、って」

「それだけ？」

「それ、だけ」

「何の話？」遠藤と小崎が興味深そうな声を上げたが、僕は「チロルチョコっておいしいよな」と誤魔化《ごまか》した。頭を掻いて足元を見下ろすと、空っぽのバケツが視界に入った。

　僕が開かずの本棚を攻略していくように、積まれたチロルチョコは軌跡《きせき》だったのかもしれない。関岡にとっての、反乱の証。

「関岡ちゃんはチロルチョコが好きなの？」遠藤が言った。「じゃあ、ファフロツキーズ現象が上手くいったらチロルチョコ買って食べようぜ、みんなで」

「なんで僕らも」

「いいじゃん、美味いじゃん、チロルチョコ。俺も好きだよ。最近食べてないけど」

「いいですね、チロルチョコ。クラゲ乞いが成功したあとも食べましょう」小崎も乗る。「わたしも好きですよ。小学校の頃は遠足のおともでした。よく溶かしましたけど」

「チョコだもんな」

「チョコですから」

「……変なの」

笑った関岡の声は震えていたような気がした。

突然、僕らの背後から光が差した。

「何やってるんだ、きみたち」

知らない声に振り返り、眩しさに目を細める。光源はひとつだ。強い光でよく見えないが、おそらくライトだった。

ガラン、とバケツが転がった。

「まずい」遠藤の声に僕らは現状を悟った。

「走れ！」僕は叫んでいた。各々かばんをひったくるように掴んで、フェンスの反対側へ向かう。

「待ちなさい！」

男の声だ。振り返っている暇はない。コンクリートの塀を遠藤がよじ登る。手を伸ばして関岡を引き上げた。僕もよじ登って小崎を引き上げる。プールの土台は二メートル弱あるので、道路と塀の高低差は合計三メートル。高い。

「こら！」

ライトの明かりがあらゆる方を向く。男の人がフェンスを越えようとしているのだろう。しかし僕らが向かいの塀によじ登ったのを認めたようで、

「そこで待っていなさい！」

身を翻して消えた。

小崎を引き上げて僕は塀の縁を掴んだ。ぶら下がるようにして身長分をかせぎ、手を離して落ちる。落下地点は側溝の蓋の上だった。同じように遠藤も下りてきた。

小崎はためらったが、僕のマネをして危なっかしく落下してくる。仔猫が初めて飛び降りたようだった。

「関岡」

フェンスを越えるときはあんなにアクティブだったのに、関岡は塀の上から動かない。

「関岡、大丈夫だから」

「高い」

「大丈夫」

「でも」

細い道路の向こうにライトの明かりが現れた。僕らを鋭く照らす。

「こら！」

校門を出て回りこんできたらしい。街灯のおかげでその人の格好がわかる。警察官だ。

「きみたち！」

「関岡ちゃん」

遠藤が手を伸ばした。

「大丈夫。行けるよ」

関岡は警察官と僕らを交互に見て、ぎゅっと目を閉じた。それが開かれたとき、彼女の表情に迷いはなかった。振り返って僕らに背を向け、塀に両手をかけてぶら下がり、塀を蹴って飛び降りた。無事に着地する。

「逃げるぞ！」

僕らは走り出した。行き先もわからないまま細い路地を駆け抜けた。先導は小崎だ。小動物の体力は計り知れない。彼女は肩で息をしながら走っていた。茶色の髪が左右に揺れていた。尻尾みたいだ。「捕まる、捕まる！」途切れ途切れに聞こえた。「ひえ、え、え」と悲鳴。楽しそうだった。笑い声すら聞こえた気がした。こんなことが前にもあった。なんだかおかしくなってきて、僕は速度を上げた。小崎に並んだ。

僕も笑っていた。楽しかった。生きていると思った。永遠に走っていられるようだった。

「亨」

遠藤のしっかりとした声に振り返る。

「もういいだろ」

どうにか追手を撒《ま》いたらしい。

ひとまず止まって、呼吸を整える。

僕は足が鉛のように重かったが、遠藤は息を切らす程度だった。さすがサッカー少年だ。その後ろで、関岡が塀に手をついてぐったりしている。

たどり着いたのはコンビニの裏手だった。高校から距離のあるコンビニだ。かなり走っていた。

「ばれたな」僕が言うと、

「ばれた」遠藤が頷く。「花火は？」

「回収」

「バケツは？」

「ない」

「荷物」

「ある」

「顔バレしたかも」

「先生でしたか？」小崎が恐々と言った。

「いや、警察だった」僕が答える。

「警察かぁ……」遠藤が苦々しく言った。

僕らは息を整えながら池に戻ってきた。あたりに明かりがないので、スマホのライトを頼りに、釣り道具と自転車を隠した場所に着く。

「どうするよ」遠藤がぼそりとつぶやいた。「ばれたけど」

「なんでばれたんだろ」

「パトロール中だったんだろ」

「タイミング悪いなぁ」

「魚、どうなるんでしょう」小崎の言葉に僕らは黙った。

遠藤が額の汗を拭いて、ダウンジャケットを脱いだ。「明日また忍びこむか？」

「バケツがあるから、」関岡はまだ呼吸が乱れている。「バケツがなかったら、無視されてたかもだけど、バケツがあるから、先生、プールに入るかも」

「ばれちゃいますね」

「ばれるな」遠藤が「魚が」と付け足した。「でも私服だし、俺らだってわかんねぇだろ」

「わたし、あのお巡りさん、知ってる」

関岡が一歩下がった。

「万引きのとき、通報を受けて来た人。向こうもわたしの顔を知ってる。ばれたかも」

関岡は頭を下げた。「ごめん」

「いいよ別に。俺だって関岡ちゃんの名前呼んだし」遠藤が言った。

「僕もだ」

「ばれちゃったらばれちゃった、ですよ」小崎は両拳を胸の前で握った。「そのときはそのときです」

「それより、怪我はないよな?」僕もトレンチコートを脱ぎながら全員に尋ねる。暑い。

「ない」

「ないです!」

「遠藤も?」

「ない」

よかった。大事な足だ。ほっとする。

どうする、と互いに目配せをして、どうしようもないので、その日は解散になった。

23

午前授業が始まった月曜日。空は晴れ渡っていた。

朝早くに登校して屋上へ向かった。遠目に見たプールには、魚が泳いでいた。学校のプールに魚。誰も気づいていない。あんなに綺麗で心弾む光景なのに、もったいない。

放課後になり、図書室に向かおうとしたら担任が教室に入ってきた。

「越前、関岡、来なさい」

クラスの大半が帰った後だった。

僕らは半ば覚悟していた。関岡は眉を下げて笑っていたし、僕も笑っていた。

担任は一階に下りて職員室を通り過ぎ、小会議室のドアを開けた。まず、僕ひとりを部屋に入れる。小会議室には誰もいなかった。暖房は効いていないので、コートを着たままにする。冬休みの課題と思しき大量のワークが円卓の上に積まれていた。

担任はスーツの前ボタンを外し、イスに腰かけて僕を見上げた。生徒に好かれる笑顔を封印している。笑いじわの刻まれた目元から疲れが見て取れた。

「呼び出される覚えは？」

「あります」

「じゃあ、どういうことか説明してもらおうか」

テーブルの上に写真が置かれた。プールを悠然と泳ぐ小ぶりの鯉《こい》が写っている。笑いかけた。なんだか滑稽《こっけい》だ。

「魚をプールに放しました」

「それは見たらわかる。……おまえと、関岡と、二組の遠藤、一年四組の小崎でやったんだな」

面子《メンツ》もわれていた。学校はすごいな。思わず舌を巻く。

「先生が知りたいのはそこじゃない」

「魚を池で釣りました。バケツに入れて、運んで、プールに」

「どうしてそんなことを?」

「驚かせたくて」

「は?」

「みんなを驚かせたくて」

土日の間に、LINEで口裏を合わせるための話し合いをした。関岡だけは連絡手段がなかったので、今朝、僕が計画を書いたメモをこっそり渡している。プールに魚を放った。これだけ聞くとなんとも馬鹿げている。

『キーは動機だ』

グループトークで名探偵よろしく送ってきたのは遠藤だ。彼は古典部シリーズを読み進めている。ミステリーにはまっているようだ。

『ミステリーはフーダニット、ハウダニット、ホワイダニットが重要だ』『先生が知りたいのはホワイだと思う』

『ホワイ？』

『魚をプールに放す理由だよ』『だって考えてみろ』『クラゲ乞いを知らなかったら意味のわかんない行為だぜ』

『じゃあそこさえ乗り越えてしまえば』

僕が返すと、小崎が『ワオ、言い訳大会ですね！』とスタンプを混ぜて送ってきた。

魚を放った背景には、花火を使ったお手製の竜巻制作、ファフロツキーズ現象、きっかけ作り、クラゲ乞い、果てはクラゲテロがある。クラゲテロの最大の利点は主犯がわからないことだ。ここで洗いざらい話すわけにはいかないのだ。

「みんなを驚かせたくて？」担任は反芻した。戸惑っていた。「そんなふざけた理由で？」

「はい。プールに魚が泳いでたらおもしろいかな、って」

動機の代替案を出しているとき、小崎が『プールに魚がいたら楽しいですね』『ずっと泳いでたらいいのに』と零したのを拾った結果だ。

しっかり謝ろう、という約束は全員で交わした。怒られる覚悟はしてきている。迷惑をかけたのだからあたりまえだ。でも、易々と謝って逃げるような真似はしたくなかった。少しばかりの反撃をしてやる。

「おもしろいじゃないですか、プールに魚」

「越前、あのな」

「それにあのプール、使ってなくてもったいないし」

「……あれは防火対策でもあるんだよ。火事のとき、水がいるだろ」

「そうなんですか」

初耳だった。あのボロボロのプールにそんな役割があったなんて。

「プールがもったいなくて魚を放ったのか」

「それもあります」

「やっていいことと悪いことがある。わかるか、越前」担任は写真を指先で叩いた。

「プールに魚を放すのは悪いことですか」

「いいことか悪いことかっていうと、まあ、難しいけど、」

歯切れが悪かった。呆れているのだろうし、担任自身が判断しかねているようだった。

「夜にプールに侵入するのは悪いことだ。それはわかるよな」

「はい」

「わかっててやったのか」

「はい」

「おまえは学校に迷惑をかけたんだぞ」

「……はい」

担任は僕をじっと見つめた。真面目な表情で、口を結んで、眉をひそめて、怒っている。怒っている顔を作っているようにも見える。

僕はへらへらしない。じっと、担任の黒い瞳を見つめ返す。逃げない。

不意に担任から力が抜けた。

「プールに魚って、おまえなぁ」

担任は額を掻いた。

「難しいことしてくれたよ。ほんと、どう叱ればいいのか。とにかく施錠後の学校に入るのはだめだ。いいな。今回は校舎の扉に触れてないからよかったけど、ちょっとでも動かしたら警備会社に通報が行くんだ」

そんな防犯対策があったのか。危なかった。

「すみませんでした。もうしません」

頭を下げると、盛大なため息を吐かれる。

「大抵の高校生はしないよ」

もっともだ。

「ほんと、教頭先生も校長先生も、指導部も困ってる。魚ってなんだよ。プールに魚って」

「おもしろかったですか」

顔を上げて尋ねると、担任は「そういう問題じゃない」と語気を強めた。

「おまえらのような犯人をなんていうか知ってるか。愉快犯だ」

「でもおもしろかったでしょう、先生」

「怒られたいのか」

「僕はおもしろかったんです。プールに魚が泳いでる光景、わりと気に入りました。先生はどうでしたか。僕らのやったことは迷惑だったかもしれないけど、アイデアは、全員を不幸にしましたか」

僕は真剣だった。これは遊びじゃない。クラゲテロの布石で、僕にとっては迷惑の意義を定める大切な試みだ。

それに、目的の果てはクラゲテロでも、世界中に迷惑をかけることだとしても、僕はプールに魚が泳いでいるのを見てなんだか嬉しくなったのだ。

「……おもしろかったかおもしろくなかったか、で言えば、おもしろかったよ」先生は小声で言った。「ちょっと笑った」

「意外でしたか」

「意外だった。やったのがおまえってところも、びっくりした。実を言うと、先生はああいう発想は嫌いじゃない」むしろ好きだ、と言外に伝わってきた。「でも先生は、おまえらを叱らなくちゃならない。先生だからな」

「はい」

「誰が言い出したんだ」

「全員で」

「四人全員か？」

「はい」

遠藤は自分の名前を出してもいいと言ったが、クラゲ乞いを始めたのは僕と小崎だ。

担任は探るような目つきだった。僕の態度のほころびを見ている。

「なんで金曜日にやった？」

「期末テストが終わったので」

「浮かれてやったのか？」

「いえ、狙ってやりました」

「なんでテスト最終日だった？」

「学校から人がいなくなるのが早そうだったから」

「誰が言い出したんだ？」

「全員で」

「それも四人全員か？」

「はい」

中学のときに習った傘連判《からかされんばん》を思い出した。責任の所在を曖昧にするために、円状に名前を連ねていく。僕らもそれだ。クラゲを中心にした、たった四人の透明な連判。

「魚を釣ったのは誰だ？」

「全員です」

「プールに放ったのも？」

「全員です」

担任は黙った。はあ、とまた息を吐いた。

「今後、こういうことはするなよ」

「しません」

「今回は大きな騒ぎになってないけど、ちょっと間違えたら警察沙汰だからな」

「はい」

「大学生になって馬鹿するなよ」

「しません」

「社会人になってもな」

「しませんよ。これきりです」

「それと、プールの魚、池に戻しなさい」

次は僕が黙る番だった。

「放ったものは元に戻す。小魚もいただろ。稚魚《ちぎょ》もいた。池の生態系が崩れるから」

さすが生物の教師だ。

「今週の土曜なら、先生も空いてる」

担任は写真を指先でコンコンと叩いた。「いいな？」

「はい」僕は頷く。

「よし。話は終わりだ。次は関岡から話を聞くから、越前は帰ってよし」

担任が立ち上がる。僕は腕時計を見て、移動図書室を小崎ひとりに任せていることに気づいた。それから、小会議室の前で待っている関岡のことも。

「先生」

「うん？」

「関岡の親、大丈夫なんですか」

担任が固まった。大きく息を吸い、止めて、「そうか」と大人の顔で静かに言った。目は真摯《しんし》だった。

「気づいてたんだな」

「気づきます」

「そうか、うん、そうだよな、気づくよな」

視線が一度逸れて、戻ってくる。

「ありがとう、越前。いま他の先生と動いてる。いろいろと時間はかかってるけど、必ずどうにかするから。心配しなくていい」

そうか。それならいいんだ。

小会議室のドアが開き、壁に凭《もた》れていた関岡が僕を見た。どうだった、と目が訊いているので、僕は笑みを浮かべておく。

大丈夫だ、関岡。心配はいらない。


廊下の空気は冷えているが、移動図書室は相変わらず盛況だった。

「この八雲《やくも》シリーズは、神永学《かみながまなぶ》の数あるシリーズのなかでも超人気で超話題作なんです。ホラーは好きですか？　わたしはそんなに得意じゃないですけど、これはぐいぐい引きこまれました。お勧めです！」

小崎はワゴンの隣でプレゼンをしていた。

本を押し付けられた男子生徒は、若干引きながらも「じゃあ読むよ」と貸し出し書に名前と題名と図書室の登録ナンバーを書いた。それを僕が受け取る。

「どうでしたか」小崎が小声で尋ねてきた。「職員室に呼び出しですよね？」

「うん。問題なし」親指を立てる。「小崎は？」

「わたしもおとがめなしです。こってり絞られましたけど」

一年四組の担任は誰だったか。

そういえば、遠藤の担任は年季の入ったおばちゃん先生だ。歯に衣着《きぬ》せぬ言い方でさばさばしているので、女子生徒から好かれているが、怒らせるとかなり怖い。たぶん、あいつは空き教室かどこかでがみがみ怒られている。

「土曜日に魚を池に戻せって言われたよ」

「あ、わたしも言われました」

「それまでに、花火、する？」

通り過ぎていく生徒たちに聞こえないよう、僕も耳打ちをする。小崎は「うーん」と首を傾げた。

「みなさんがやるって言うならやりましょう」

珍しく弱気だ。

僕を見て、小崎は「だって」と恥ずかしそうに続ける。

「わたし、怒られるのは正直、慣れてないんです。次こそ火遊びで通報されそうじゃないですか」

「そうだね」

花火を使う前に見つかったことは幸いだったのかもしれない。もし火を点けていたら、もっと大事になっていただろう。最悪、停学とか退学とか。

「あの、」通りすがりの女子生徒がワゴンから一冊抜き取って、僕に差し出した。見慣れた表紙だ。

「貸し出し、お願いします」

僕は『山椒魚』を受け取る。表紙の切り絵のサンショウウオが一回転、飛び跳ねた気がした。


移動図書室を終え、ワゴンを押して図書室に向かった。司書室には完全に住人と化した矢延先輩がいる。

「お疲れ」

連れだって司書室に入った僕らを見て、矢延先輩はパイプ椅子に凭れた。ぱっつんの黒髪がさらりと揺れる。

「魚、泳いでたよ」

シャーペンの先がグラウンドの向こうを示す。ここからプールは見えないけど。

「でもばれたんだって？」

「恋先輩は何でも知ってますね」

「まあね」得意げだ。「惜しかったね。ファフロツキーズ現象。空から魚が降ってくるのも楽しそうだったけど、時代はクラゲかな」

「クラゲですね」

「クラゲですよ」

「やっぱりクラゲか」

司書室は暖房が効いていた。僕はコートを脱いで事務イスに腰かけ、貸し出し手続きと返却処理を行った。小崎は返却された本を受け取って、「返してきますね」と図書室へ向かう。

矢延先輩の参考書のなかには、やはりハードカバーが混ざっていた。『死にがいを求めて生きているの』、朝井《あさい》リョウ。朝井リョウといえば『桐島、部活やめるってよ』の人だけど、知らない題名だ。真新しい背表紙なので入荷したばかりだろう。

「好きですね、本」

先輩がちらりと僕を見る。

「好きだよ。枕元に置いておきたい芸術だし、誰かが手間暇かけて作ったものはそれだけで価値がある。価値あるものに触れるのはいいことだよ」

「それだけですか？」

「それだけ？」

「本が好きな理由です」

先輩は問題集から顔を上げて、口をとがらせた。

「あとはほら、自分がぐんと広がる気がするでしょ」

「広がる？」

「そうそう。視野が広くなる。登場人物を追いかけながら、そんな考え方もあるんだなぁってさ」

「それも好きな作家の引用ですか？」

「いやいや。これはいままでの読書経験。いつも引用は言わないよ。別に、あたし全部が本で構成されてるわけじゃないし」

「え、違うんですか」

先輩は僕を見た。目を丸くして、「失礼なことを言う後輩だね、きみは」と怒りを混ぜた笑顔になる。

「あたしはあたし。あたしの構成物質は小説じゃないよ。基盤は自分」

先輩はシャーペンの尻で自分の鼻の頭を叩いた。

「種子があたし。育つには肥料と水と太陽が必要。ときには嵐に耐えることもある。風に飛ばされないように、立派な根を張るために。いつかは花を咲かすかもしれないし、咲かさないかもしれない。でもできれば咲かせたい。だから生きる。きみだってそうでしょ」

花を咲かせる。遠藤がサッカー選手を目指すように、小崎がクラゲテロを願うように。

「ま、陳腐《ちんぷ》なたとえだけどね」

「先輩は何かになりたいんですか」

「あたし？　作家だよ」

僕は唾を呑みこんだ。

「……大きな夢ですね」

「そうかな。そこらへんの夢と変わらないと思うけど」

ドアが開き、小崎が戻ってきた。片手に文庫本とハードカバーを持っている。

「あれ、返却場所がわからなかった？」

「いえ、これはわたしが借りようと思って」

小崎が示したのは、星新一《ほししんいち》の『ふしぎな夢』と西加奈子《にしかなこ》の『まく子』だ。

「星新一は、他のは持ってるんですけど、これはまだ読んでなかったので」

「僕が手続きするよ」事務イスに座っているついでだ。本を受け取り、貸し出し手続きをして返した。

「そういえば、残りのふたりは来ないね」矢延先輩がドアを一瞥する。

「あー、遠藤は、担任がおばちゃん先生なので」

「こってり怒られてるんだ。あの先生、いい先生だよね。生徒の寂しさに気づいてくれる」

ふと頭のなかに矢延先輩が現れた。本人がそこにいるというのに、プールサイドで思い出したようにイスをくるくる回しながら。

ひとりの地獄にいる関岡。

あの言葉は本当だった。

「さっき、関岡のことを担任に言ったんです」

矢延先輩の前に座った小崎が、腰を浮かした。「どうでしたか」

「いま動いてるって。心配いらないって」

「よかった」

「矢延先輩の言葉、合ってました」

「うん？」矢延先輩と視線が合う。「何が？」

「ひとりは、最も近くにいる、気軽にやってくる地獄って」

「言ったっけ？」

「言いましたよ。目撃者の義務の話で」

「そんなことあった？」

完全に忘れている顔だ。僕はため息を吐いた。

「先輩こそ失礼ですよ。僕には刺さったのに。優しさの本質は他者への興味とか」

「恋先輩」

小崎が矢延先輩を見つめていた。ぽかんと口を開けている、だらしのない横顔だ。どうしてそこまで驚いているのかわからない。

「それ、ぜんぶ、」

「あーはいはい。うん。言ったわ。言った言った。たぶん言ったかな」

先輩が小崎を遮ったのと、司書室のドアが開いたのはほとんど同時だった。僕らはドアを見る。

げんなりした顔の遠藤が立っていた。

「よう」

遠藤は弱々しく片手を挙げた。一気に年老いていた。警察官から逃げたときより疲弊している。

「もうやらねぇ」

彼は言って、長テーブルにスクールバッグを置いてどかりと座った。

「あー、もうやらねぇ！」よほど応えたらしい。「もうやらねぇぞ！　疲れた！」

「素直に呼んだほうが身のためかもね」先輩が苦笑して続ける。「クラゲ、来い、って。屋上でもう一回、素直にさ」

「……きっかけ作りに、意味はなかったんですかね」

いままでの仮説も、話し合いも、人工ファフロツキーズ現象も、あくまで机上の空論に過ぎない。

先輩はチッチッチッと舌を打ちながらシャーペンを左右に振った。

「きみたちのしたことは無駄じゃなかったと思うよ。全部がクラゲを呼ぶためだし、動機は純粋だったんでしょ。何にだって意味はある。でもさ、怒られるのはしんどいじゃん？」

「しんどい！」遠藤が叫ぶ。

つまるところ、いまの僕らにできるのはクラゲ乞いだけなのだろう。

クラゲテロを起こすために空を見上げて両手を広げて、心の底から、純粋な気持ちで、理不尽と戦うために、世界中に迷惑をかけるために、遠くからありえないものを呼ぶしかないのだ。

夕方になり、西は橙に、東は紺色に染まって短い陽が暮れた。僕は刺さるように冷たい空気を切って、自転車を漕いで帰宅した。

関岡は司書室には来なかった。たぶん、担任と長い話があったのだろう。目撃者の義務は僕なりに果たした。あとは、関岡自身と大人の力に任せるしかない。

「ただいま」

ドアを開けると、廊下に母さんが立っていた。

「おかえり、亨」

僕は開けたドアを閉めかけたが、「亨」と呼ばれたので大人しく玄関に入る。

「何？」

「学校から電話があったの」

魚のことだ。

靴を脱いだ。リュックサックを下ろし、僕らは廊下で向かい合う。

「お母さん、あの日は友だちとカラオケに行ってたんだとばかり」

帰宅したときに吐いた嘘だ。母さんはでまかせを信じてくれていた。

「まさか釣りと不法侵入とはねぇ。あの池は大きいし、人目もないから危ないでしょ。学校だってフェンスを乗り越えて、塀から飛び降りたんだって？　何かあったらどうするつもりだったの」

　母さんは腕を組んだ。顔にはいろいろな感情が混ざっていた。

「高校生にもなって、小学生みたいなことをするんだから」

「うん」

　ファフロツキーズ現象もクラゲテロも伏せているので、いまの僕は〝おもしろそうだったから魚をプールに放った高校生〟という肩書だ。情けない字面。確かに不名誉ではある。

「土曜日、先生が学校に来なさいって」

「わかってる」

「他に誰とやったの？」

「仲間」

「仲間ねぇ」

　しみじみと言われると、恥ずかしい響きだ。

「馬鹿なことやってないで、ちゃんと勉強もしなさいね。学校で先生に怒られたんでしょうから、母さんからはあまり言わないけど」

　あまり言わないのか。

瞬くと、「反省してるみたいだった、って言われたし」と母さんは呆れ気味に付け足した。

「あと、プールに魚って、ちょっと笑ったわ」

関岡のきっかけと、遠藤の発想と、小崎のひらめきの結果だ。

「とにかく、亨、言うべきことがあるでしょ」

「迷惑かけてごめんなさい」

僕は首を垂れた。

母さんには、最初から頭を下げると決めている。どういう結果になっても迷惑をかけるとわかっていた。僕のしていることは、父さんとなんら変わりのないことだ。たぶん、父さんもこんな気持ちだったのだ。

「……いいよ、って、言ってたっけ」

「え？」

顔を上げると、母さんは懐かしそうに目を細めていた。

「いいよ、いいよって、亨が病院で大号泣したとき」

すっと体温が下がった気がした。いつのことを指しているのか一瞬で理解できる。

あのときだ。呪いの言葉が僕を蝕んだ瞬間。

「ごはん、できてるからね」

母さんはダイニングキッチンに向かって行った。

自室にリュックサックを放りこんでコートを脱ぎ、手洗いうがいを済ませてテーブルに着く。

「さっきの話、どういうこと」

キッチンにはすき焼きの香りが充満していた。母さんは卓上コンロを置いて、その上に金属製の大きな鍋を置く。

「さっきって？」

「僕が大号泣した話」

「ああ、あれね。もうびっくりしたんだから。いまでも思い出せる」

母さんは、白菜としいたけとにんじんとたまねぎとにらと、たくさんの野菜が並んだ大皿を置いた。

「お母さん、コンビニにプリンを買いに行ってたの。で、エレベーターで七階に着いたらあんたの泣き声が聞こえてくるでしょ。しかも大音量で。慌てて病室に入ったら、案の定ピーピー泣いてるし、お父さんも情けない顔で泣いてるし」

豆腐、糸こんにゃく、麩《ふ》、生卵も小皿で並ぶ。

「お父さんに何が起こったのか訊こうとしたら、あんたが突然、いいよぉ、って大声で」

「いいよぉ、って？」

「そう、亨が。いいよぉ、いいよぉ、って。そしたら父さんも顔をぐちゃぐちゃにして、ありがとう、ありがとう、って」

大皿に載った牛肉が僕の目の前に置かれた。それから取り皿。

「で、亨はそのまま泣き疲れてこてんと寝ちゃって。後で訊いたら、お父さん、いろいろ迷惑かけたことを謝ったんだってね」

母さんは急須にお湯を入れて、湯呑をふたつ、テーブルに置いた。

「はい、これ」

僕に箸を渡し、母さんが席につく。

「亨は優しい子だなぁって言ってたよ。こんな我儘な父さんを許してくれたんだなぁって。本当に律儀な人。謝らなくてもいいのにね」

にこりと笑みを浮かべて、「いただきます」と母さんは言った。

「亨、食べないの？」

「た、べる」

箸を持ったまま、いただきます、と言う。

自分の意識が中心にぎゅうと濃縮されていた。心と体表がずいぶんと離れている。真っ暗な空間に開いたふたつの穴が、モニターのように世界を映している。ざらついた映像に文字が重なって浮かび上がる。

『今でもべつにお前のことをおこってはゐないんだ』

すき焼きはおいしかった。気づいたら全部なくなっていた。

皿洗いをして、お風呂に入り、自室に向かった。暖房を入れる。あまり物が考えられなかった。

ピコンとスマホが鳴った。LINEだ。見ると、れん、という人から友だち申請が来ていた。矢延先輩だ。承認する。メッセージも来ていた。ぼうっとしたままトークルームに入る。

『や、越前くん。優子ちゃんに紹介してもらっちゃった。みんなの矢延先輩です』

『突然のLINEすまんね。今日の図書室でのことなんだけど』『目撃者の義務とか、優しさの本質とか、あたし完全に忘れてたんだよね』『でもよく思い出したら言ってたわ。ごめん』

いえ、と返信する。

『まあこれって全部好きな作家の受け売りだし、でも越前くんは読んでないみたいだから、一応、お勧めしておこうと思って』

はい、と返信する。

『きみが持ってるんでしょ、七尾虹』

手が止まった。

『図書の管理ソフトウェアを弄ったらすぐにわかったよ。何度も延長してるね。返さないつもり？』

指先が震えだす。止められない。

『優子ちゃんとも遥ちゃんとも七尾虹の話で盛り上がったんだ』『世間で何て言われてるか知らないし、無名だけど、あたしにとっては引用したくなるくらいの作家だよ』

「じゃあ、」声が漏れた。息も震えていた。脳が痙攣《けいれん》している。瞼がぴくりと引きつった。勝手に喉を突いて言葉が出てくる。「じゃあ、僕に教えてくれた言葉は、」

『きみ、七尾虹のこと、嫌いなんだって？』『でも借りてるんだね』『せっかくだから読んでみたら？』

僕はスマホをベッドに投げた。積み上げていた教科書を崩して、一番下、図書室から借りた『てんとう虫の願い』を開いた。必死に文字を追いかける。茎の先端を目指して上り続けるてんとう虫の物語だった。

茎の先端へ至るという目的を持ちながら、てんとう虫は何度も歩みを戻して、困っている昆虫を助けた。その理由をてんとう虫は迷いなく答えた。

ぼくはただ、目撃者の義務を果たしたに過ぎない。孤独とは気軽にやってくる地獄だから、見てしまった限りは、話を聞いてあげるなり、諭してあげるなり、何か手を差し伸べてあげるべきだよ。

そしててんとう虫は空へ飛び立った。

最後の一行まで読み終え、本を閉じる。僕は座りこんでいた。カタカタと震えていた。次を開く。もはや止められなかった。

『世界にすこしだけ優しくなろう』は短編集で、目次に様々な題名が並んでいる。そのなかで浮き上がった三文字が飛びこんでくる。

くらげ
深く息を吸ったはずなのに、浅いところで返されてしまった。

『晴れ、時々くらげを呼ぶ』

ページは六十七。くらげを呼ぶ女の子の物語だった。

彼女は高い塔の上でずっとくらげを呼んでいた。理由は誰も知らない。表紙のイラストは、セーラー服の女の子が笑みを浮かべているものだ。このくらげの話が、きっと、この短編集のメインストーリー。

物語の途中で、くらげ乞いを続ける女の子に仲間ができる。同い年の男の子だ。彼は「テロを起こしてやる」が口癖だった。「世界の酷さを知らしめてやるんだ」と。

血気盛んな男の子に女の子が言う。「くらげなら誰にもばれやしない。一緒に世界中に迷惑をかけよう。試しにみずくらげなんてどうかな」。ふたりは同盟を組んでくらげ乞いを続ける。

ある日のこと。「おまえは優しくない」と周囲の人物になじられた男の子は、優しさについて考え始める。優しさって何、という彼の疑問に対して、女の子が答えた。「優しさは興味だよ」女の子が続けた言葉は、矢延先輩が僕に告げた文言と同じだった。

無関心であることは人に優しくできないということ。自分勝手であることは感情の矛先を間違えるということ。それを告げた女の子の姿が透け始めた。

男の子が立ち上がって尋ねる。「どこに行くの」

女の子が答える。「きみは気づいてしまったから、もうテロなんていらないね」そして微笑む。「辛いとき、わたしたちはくらげを呼ぶんだ。きみのように、反撃をするために。でも、人生のうちでいまなんて一瞬なんだ。心臓がひとつ脈をうつよりもはやく過ぎていく」

女の子は空気に溶ける。

「だから時々なんだ。時々、くらげを呼ぶ。そうやって生きていく。そうやって自分の無力を知る。ちっぽけなわたしたちを乗せて、ひどい世界は回り続ける。わたしがいなくなっても、きみがいなくなっても」

世界は理不尽であり続ける。

「だから、すこしだけ優しくするんだよ」

やわらかな言葉を残し、女の子は消えてしまった。短い話だった。結局くらげは降らずに終わった。

時計の針は深夜だった。母さんはもう眠っている時間だ。

僕は立ち上がった。両足はしびれていた。それでも自室を飛び出した。頭のなかはぐちゃぐちゃで、泣きたいのか笑いたいのか苦しみたいのか悲しみたいのかわからなかった。呪いの言葉だけがぐるぐると回っていた。

父さんの姿が脳内再生される。ベッドに寝転ぶ姿じゃない。この家で、イスに座って、僕の頭を撫で、とろけるように笑う姿だ。

ダイニングキッチンは冷えて静まり返っていた。常夜灯の下、開かずの本棚へ向かう。かかっていた布をはねのけてメッキの剝げた取っ手を掴んだ。汗のにじんだ掌にひやりと金属がめりこむ。一息だけ吐いて、手前に引っ張って開けた。

紙のにおいがした。ここには小崎も矢延先輩も遥ちゃんも知らない小説がある。最上段の右端、『てんとう虫の願い』、『世界にすこしだけ優しくなろう』、最後の一冊。革のカバーがついたそれを抜き取る。震える手でちょうちょ結びをほどく。緑のリボンが足元に落ちた。

『未完成本』。

僕が命名した、父さんの遺作。父さんが遺した小説。七尾虹の小説だ。

両手でしっかりと持つ。革の質感は温かくも冷たくもない。

目を閉じた。自分が何に怯えているのかわからなかった。怖かった。ただ願っていた。

ちょっとした衝撃で壊れてしまう気がして、薄いガラスを扱うように、肩に力を入れて、間違えないように、そうっと、表紙を、めくった。
時間を、かけて、目を、開く。
焦点が、合う。
息が止まって、音が止まって、時間が止まった。
真っ白だった。
どのページも、何枚めくっても、真っ白だった。
なんだ、これ。
青い革製のカバーを外すと、ラベルが貼ってあった。メモ帳・文庫本風。
呆然とする。耳鳴りがしている。
なんだよそれ。
メモ帳、メモ帳ってなんだ。『未完成本』はどこへ行ったんだ。これは——何かが
さらりと足に触れて、全身が跳ねあがった。
どっ、どっ、どっ、と脈打つ左胸を押さえ、視線を落とす。足の甲に落ちていたの
は、紙切れだった。メモ帳に挟まっていたのか。拾い上げる。
書かれていたのはガタガタの字だった。

亨の本、楽しみに待ってるよ　父さんより

あ。

視界がぐにゃりと曲がる。心臓の爆音が体中を駆け抜けている。血が指先まで到達して戻っていく。苦しくて痛くて唇を噛んで、喉がつかえて腹の底に力がこもって、目頭が熱い。

「亨は、本が好き?」

父さんが僕に訊いた。そうだ。まだ幼かったぼくに訊いたのだ。呪いの言葉のあとだった。ぼくに謝ったあと。僕の忘れていたぼくが許したあと。

ぼくはすっかり弱り果てたおとうさんのとなりにいた。本を読んでいた。何の本かはわすれてしまった。とにかく本を読んでいたのだ。

「好きだよ。ぼく、本を書く人になるの。おとうさんみたいな人になる」

「嬉しいなぁ」

「おとうさんも本が好きなんだね」

「そうだよ」

おとうさんがとろけるような笑みで言った。

「本が好きなんだ。本を書く仕事ができて嬉しいんだよ」

「じゃあぼくもうれしい」

うん？　とおとうさんの、水分のない眼がぼくをうつす。

「だっておとうさんがうれしいと、ぼくもうれしいんだよ」

「そうか」

おとうさんの骨ばった手がぼくのあたまをなでる。

「亨はやっぱり、優しい子だなぁ」

僕は泣き崩れていた。悔しくて悲しくて。

世界中に迷惑をかけるんだ、と脳内で誰かが言った。小崎じゃなかった。僕だった。司書室で僕が言ったのだ。世界中に迷惑をかけるのだと、これはクラゲテロだと。

迷惑ってなんだ。

拳をフローリングに叩きつける。開いて掌を押し付ける。爪を立てる。

昔はそうだ。本当は本が好きだった。父さんが好きだった。大好きだった。読書が時間の無駄なんて思ってなかった。これっぽっちも思ってなかったのに。

迷惑かけてごめん、って謝られた意味がわからなくて、だって僕には迷惑じゃなかったから、混乱して囚われて、その先の許しをなかったことにしていた。

暑くて仕方がない。息苦しくて仕方がない。大嫌いだと吐き捨てて本棚を封印して、プレゼントも開けず、それでも足跡をたどるために本を読んで。

同じように誰かに迷惑をかければ、何かがわかる気がした。

でも、もう父さんはいない。死んだ。僕らを残して死んでしまった。追いかけたって届かない。

大きく息を吸いこんだ。心を落ち着かせる。呼吸を意識する。ぼろぼろと零れてくる。なんだって上から落ちてくる。涙の粒も言葉も心の破片も。

紙切れをメモ帳に挟み、立ち上がった。

ベランダのカーテンを開けた。結露を濡れた手でぬぐう。外は深い夜霧に覆われていた。

世界中に迷惑をかけてやる。これはテロだ。反乱だ。

そうだ、反乱だった。世界は理不尽だ。理不尽に対抗する手段すら理不尽なのだ。

だからクラゲを呼んでいた。辛くてたまらなかったいまを乗り越えたくて。

だから。

瞼に光が透けて、ソファで目が覚めた。

全身が冷え固まっていた。片手には、青い革製のカバーが付いたメモ帳がある。カーテンは開いたままで、ベランダの戸の向こうは朝焼けだった。

くらげが降っていた。

ミズクラゲだ。勉強した。図鑑を食い入るように読んだ。鉢虫綱《はちむしこう》の旗口《はたぐち》クラゲ目ミズクラゲ科ミズクラゲ属。短い触手と、十五センチから三十センチの透けた椀状の傘。四つの口腕と四つ葉のクローバーのような胃腔《いこう》。あれはミズクラゲだ。

僕は戸を開けた。流れこんできた朝の空気が肌に刺さる。霧はとっくに晴れている。

くらげはふわふわと、右に左に踊りながら降っていた。浮遊しながら頼りなさげに浮き沈みを繰り返し、ベランダのコンクリートの床に着いて、すうと溶けて消えた。

そこら中に白っぽい塊が揺れていた。風に吹かれて舞っているようにも見えた。落ちるスピードはかなり遅い。浮いて遊んでいる。浮遊生活。

空は快晴だった。雲は空の端に追いやられていた。夜と朝の境目であらゆるものが息づいている。街の灯は消えていたが、目を覚ますには早い時間だった。

しばらく、太陽が昇る様を眺めていた。

緩やかな流れだった。赤い東の空がどんどん青と紺を侵食した。新しい陽が食っていくようだった。夜はきっと、自ら食われているのだと思えた。

「やだ、寒い」

声に振り返ると、母さんがびっくりして僕を見ていた。

「あんた何してんの」

「……あ、いや」

僕は外を指す。

「くらげ、降ったな、って」

「え？」

母さんは僕の隣に並んで「うわ、ほんとだ」と気の抜けた声を出した。慌ただしく部屋に戻っていく。

僕も部屋に戻ってスマホを見た。遠藤からＬＩＮＥが入っていた。画像が送られてきている。ダイニングキッチンに戻りながら、グループトークを開いた。

『降ったな』

ふわふわしているミズクラゲと、サッカーボールを掲げた片手の写真だった。空の点はすべてくらげで、朝焼けが透けた傘はオレンジに色づいていた。遠藤の使いこんだサッカーボールもオレンジに照っていた。

僕はベランダに戻り、写真を一枚撮った。それと一緒に『降ったね』と送った。既読が付く。

『おまえが呼んだのか？』

『うん、たぶん』

『すげえことするよ。まさかとは思ったけど』

『まさか？』

『昨晩、霧が出てただろ？』『昨日サッカーの練習の帰りに、関岡ちゃんとばったり会って、トリガーは霧じゃないかって』

写真が送られてきた。端正な字が並んだメモだった。
・霧は湿度百パーセントの飽和した水蒸気で、発生条件は上空と地面近くの温度差
温かい空気が上層、冷たい空気が下層にあるのは、海の温度勾配と同じ
↓霧が出る＝海抜数十メートルに疑似的な海が生まれる？
・純粋な気持ちでクラゲを呼ぶと、特殊なエネルギーに変換されて蓄積

↓霧の発生時、エネルギーがある値より多く蓄積していたらクラゲが降る?

『これ、関岡ちゃんがくれたメモなんだけど、意味わかる? 俺わかんなかった』

『つまるところ、空が海になったってこと?』

既読が増えた。

『降りましたね』

小崎だった。関岡のメモを読んでいるのか、しばらく返信が途絶え、

『関岡先輩、すごいです』『いろいろと条件は難しそうですけど、わかんないですけど、とにかくすごいです』『綺麗です』『優しいです』

『うん』

『ちょっとお礼のお電話をしてきます』

『関岡ちゃん家に?』

『はい、いってきます!』

僕はスマホをスリープにして、ベランダの手すりに凭れた。いつまでも眺めていられた。息が白い。寒さもある。けれど、それよりも、はるかに美しさが勝っていた。

しばらくして、スマホが震えた。LINE電話だった。小崎だ。

「おはよう」

『おはようございます』

小崎の声はいつもより高く聞こえた。小動物は朝から元気だ。関岡との電話は終わったらしい。

『先輩にも電話しちゃいました。遥にも見せてあげたいくらいの綺麗さだから』

「そうだね」

『でも先輩、テロを起こす気、あります？』

僕は笑った。「あるよ。あるけどどこうなった」

『どうしてミズクラゲだったんですか』

「……さあ、どうしてだろう」

アンドンクラゲも降ればいいのにな、とは思うけど、いまは別にいい。

『もしかして、読みました？』

僕はスマホを持ち替えた。「読んだよ」

『そうですか。それは、だからこんなに』

電話口で小崎が息を吸った。

『先輩、わたし、思ったんです。クラゲを呼ぶエネルギーは誰にだって溜められるけど、本当に呼べるのは、あの短編を読んでも、くらげが降るって信じてる人なんじゃないかって』

「それは、短編の最後にくらげが降らなかったから？」

『なんとなく、ですけど。……あれ。じゃあ七尾虹の小説を返却してないのは先輩だったんですね？』

「うん。ごめん」

『そうでしたか。でも先輩は大切に本を読まれるから、時間をかけられたんだと思います』

「そう？」

『はい』力のこもった肯定だった。『斜め読み、絶対しませんよね』

言われて気づいた。僕は斜め読みをしない。そんな発想すらなかった。

単純なやつだ。下手な繕いをしてもすぐに綻《ほころ》んでしまう。知らないところで本を嫌いになりきれていないじゃないか。

『あ、でも本を読まずにPOP書いたりしますよね。あれはだめですよ』

「うん。あれはだめだった」

『で、読み終わった感想はどうですか？』

「まだ全部は読めてない。くらげの一編しか」

『どうでした？』

「よかった」

『でしょう？』

「うん」

よかった。本当に。

「優しい話を書くね」

『そうなんですよ。優しい話を書くんです。何度でも読みたくなるんです』

新刊は出ないけど。僕は言葉を呑みこんだ。「また読むよ。最初から読む」

『わたしも読みます。だから早く図書室に返却してくださいね』

「わかってるよ」

『百科事典も書き直さないと、ですよ』

「え？」

百科事典。ああ、あれか。五月に小崎に見せた。

「ほんとだ。文末に書き加えないとな。ときどき降るって」

『呼べるって』

彼女の笑い声に僕もつられる。

『声が聴けてよかったです』

小崎は弾んだ調子で囁いた。園児の内緒話みたいだった。

『先輩が嬉しそうだと、わたしも嬉しいですから』

「……そうだね」

ミズクラゲがベランダの手すりに触れて、蜃気楼《しんきろう》みたいに溶けて消えた。アカクラゲみたいに残りはしない。

「僕もそうだ」

通話を終える。

朝焼けが終わった頃に、家の電話が鳴った。学校の連絡網で、休校連絡だった。

『先生が来ないんだって』

遠藤がグループトークで言った。

『教頭だけどうにか出勤したらしいけど、すぐ帰ったってさ』

『そういうのどこで知るの』

『高校の隣に家があるやつがいてな』『回ってきた』

どんな連絡網だ。

「困ったわねぇ」

ダイニングキッチンに入ってきた母さんは、片手にスマホを持ってどこかに電話をかけていた。それも七時半を過ぎたころに止めた。何か愛しいものを見つめるように、僕の隣で外を眺めた。

「ま、いいか。今日くらいは」

どこかに電話をして、「有休で」と言って切った。「さ、朝ごはん作ろう」

ベランダに出て下を覗きこむと、たくさんの人が顔を出して空を眺めていた。ある人は親子で、ある人は夫婦で、ある人はひとりで、ある人は老いた姿で、ある人は空を指して。

目の前にミズクラゲが降ってくる。手を伸ばせば、触れる前に空気に溶けた。痺れることもない。痛みもない。

「亨、そろそろ暖房を点けるから」

「うん」

僕は片手に持っていたメモ帳から紙切れを取り出した。

亨の本、楽しみに待ってるよ　父さんより

ガタガタの文字を、しっかりと、しっかりと、刻みこんだ。呪いの言葉なんかじゃなかった。

もう一度メモ帳の最後に挟んで、ベランダの戸を閉める。

その日は誰も彼もが空を見上げてしまうので、街中の何もかもが手に付かなかったようだ。

峯山市の交通網、あらゆる機関のあらゆる機能は全滅した。使う人もいないし、運行する人もいない。

報道機関は空を映してくらげを撮ったが、実況すべきリポーターが黙ってしまった。スタジオのコメンテーターもモニターを見つめたまま動かなかった。ほう、と息を吐く音だけがマイクに届いていた。

とにかく仕事にならなかった。学校も会社も人が来ない。みんな空を見上げて、まあいいか、と言ってしまう。

まあいいか。まあ、いいか。

くらげは止まなかった。
一日中、降り続けた。

解説

吉田大助

人はなぜ小説を読むのだろう。楽しいから、だけではないとすれば、どんな理由があるのか。全ての人に当てはまる回答を出すことはできないが、ここ最近の自分の読書体験を振り返り、各種レビューサイトの投稿などを眺め渡してみると、ひとつの傾向があるように思う。本来は連絡手段であるスマホから、ネガティブなニュースや現代社会に対する警報が流れて来るようになった今の時代、他人に対してだけでなく自分に対しても、優しくなれる言葉や考え方をみんなが探している。それが小説の中に書いてあるかもしれないと思い、手を伸ばしているのではないか、と……。もしあなたもそんな期待の持ち主であれば、『晴れ、時々くらげを呼ぶ』はうってつけだ。期待を超える優しさが、この小説の中には詰め込まれているから。

第一四回（二〇一九年度）小説現代長編新人賞を受賞した、鯨井《くじらい》あめのデビュー作だ（なんと作者は受賞決定時、大学在学中）。同賞は、直木賞作家の朝井《あさい》まかてゃ『罪の声』の塩田武士《しおたたけし》など骨太なエンターテインメント小説の書き手を輩出してきた。ど真ん中の青春小説への授賞は、この作品が初めてだ。

単行本のオビには、先輩作家三名からの推薦文が寄せられていた。

〈読みすすめながら、ふと、この小説はぼくが書いているのかもしれない、とおもった。読了後、ほんとうにそうだった、とわかり、こころの底が熱くなった。読んでいるひとと書いているひとが、ただひとつにつながれる。読書のささやかな奇跡が、すべての読者の上に、くらげのように降りおちる。〉――いしいしんじ

〈今すぐ自分の好きな本を読み返したくなるような、本への愛を感じる物語でした。本が好きな方、そしてこれから好きになる方に読んで欲しいです〉――武田綾乃《たけだあやの》

〈『その日のまえに』『バッテリー』『重力ピエロ』『四畳半神話大系』『スロウハイツの神様』……学校の図書室にこもって本を読みふけり、「私は孤独だぜ」とものすごく傲慢に思っていたあの頃、ずっと彼らを待っていた〉――額賀澪《ぬかがみお》

三名のコメントからも明らかなように、『晴れ、時々くらげを呼ぶ』は小説についての小説であり、本についての本でもある。なにせ主人公は、図書委員なのだ。

舞台は地方都市にある進学校、峯山《みねやま》高校。二年生の越前亨《えちぜんとおる》（「僕」）は、業務がラク

チンだからという理由で図書委員になった。一学期の中間テスト間際の放課後、後輩の小崎優子《こさきゆこ》――「優しい」子――と図書当番を務めている場面から物語は始まる。よくある青春モノのように、「僕」にとって小崎は恋愛の対象ではなく、好奇心の対象として捉えられている点が新鮮だ。ボーイ・ミーツ・（ストレンジ）ガール。小崎は校舎の屋上で両手を大きく広げ「クラゲ、来い！」と、空に向かって叫ぶことを日課としている。暇を持て余す「僕」は〈雨乞いならぬクラゲ乞い〉の儀式（？）になんとなく付き合い、小崎の叫びを読書のBGMにしているのだ。

〈なぜ彼女がクラゲを呼んでいるのか。なぜクラゲは降るものだと思っているのか。僕は知らない。下手に関わりたくないし、小崎が僕に説明してくることもない〉

冒頭わずか十数ページの記述で、「僕」は自分自身にはあまり関心がないこと、他人には関心があるけれども深入りしようとはしてないことが、ありありと伝わってくる。

小崎以外の人物に対しても、「僕」は同様の距離感を保っている。小学校からの幼なじみで親友アピールをしてくる遠藤《えんどう》、出版社で雑誌編集者として働く多忙ながらも息子思いの母、図書委員の先輩で時おりファンキーな議論を吹っかけてくる矢延《やのべ》先輩……。優等生で知られるクラスメイトの関岡《せきおか》が、コンビニでチロルチョコを万引きした瞬間を目にしたにもかかわらず、注意することや悩みを聞くようなこともしなかったという序盤のエピソードは重要だ。〈関岡。それはダメだろ。／けれど僕は何も言わない〉。飲み込んだ言葉を「僕」が吐き出せていれば、関岡を変えることができたかもしれないからだ。

なぜ「僕」はこんなにも言葉を飲み込んで生きているのか。小学三年生の時に亡くなった父との思い出のせいだ。「迷惑かけてごめんな」。死の床で父からかけられた言葉が、のちの人生に〈呪い〉として作用してしまっている。〈誰かに迷惑をかけるやつは嫌いなんだ〉。自分の言葉が、行いが、誰かの迷惑になるかもしれない。だから身を硬くして、他者との深いコミュニケーションをやり過ごす。ここにはある種の——誰かを傷付けたくないという——優しさがあるのだが、それは無関心と見分けがつかない状態にある。優しさの難しさは、その後も作中で幾度となく顔を出すテーマだ。

「僕」が言葉を飲み込む傾向にある一方で、周囲の登場人物たちはにぎやかだ。例えば、小崎と矢延先輩は、本来は静かにしなければいけないはずの図書室で、好きな本について熱いトークを交わす。その様子を観察した、「僕」のモノローグが面白い。〈本好きは大人しいと思われがちだが、実際のところは真逆だ。趣味が合った瞬間に爆発する〉。

本作のチャームポイントであり個性は、実在する同時代作家の実在の小説が、図書委員たちの会話に大挙登場する点にある。彼女たちは固有名のやり取りを通して、他者の人生と自分の人生を繋げていくのだ。図書委員たちの会話には、「好き」なものを「好き」と、思いを素直に言葉にできる眩《まぶ》しさがある。「僕」が言葉を飲み込む人だからこそ、その眩しさはより一層際立つ。また、実在の作家や小説を大挙登場させることは、作中に一人だけ紛れ込ませた架空の存在のリアリティを高めることにも役立っている。まさに「木を隠すなら森の中」だ。その存在とは、『てんとう虫の願い』『世界にすこしだけ優しくなろう』の二冊しか本を出していない幻の作家、七尾《ななお》虹《こう》。小崎が大ファンを公言するその作家は、実は「僕」の亡き父だった――。

作中では言及されていないが、タイトルから個人的に連想した作品は児童文学作家・矢《や》玉《だま》四《し》郎《ろう》が一九八〇年に発表した代表作『はれときどきぶた』だった。小学校三年生の男の子・則安《のりやす》が日記帳に「あしたの日記」を書いてみると、次の日それが現実化し始めて……『DEATH NOTE』の原点と言われることもある同作は、晴れた空に大量のぶたが浮かび、今にも降ろうとしている（そして、回避する）シーンをラストに据《す》える。しかし、『晴れ、時々くらげを呼ぶ』の鯨井あめは、ぶたをくらげに変え、実際に空から大量に降らせるところまでを描いてみせた。何より驚かされるのは、そのエピソードが、小説全体の三分の一を少し過ぎたところであっさり起こってしまうことだ。

小説の歴史、物語の歴史とは、先人たちが記した作品を、新人たちがアップデートする営みの連鎖だ。四〇年後のアップデート版『はれときどきぶた』は、空から異物が降ることで物語を終わらせなかった。それは物語が真の顔を現す、トリガーに過ぎなかった。

クラゲが降って欲しいと小崎が願っていた理由は、何だったのか？　クラゲが降ったにもかかわらず、悲痛な表情をしているのは何故なのか。「僕」はそれまでの冷笑的な態度を崩し、小崎のことをちゃんと知りたいと一歩踏み出す。その背中を押す矢延先輩の言葉に、優しさの定義が輝く。「無関心であることは、人に優しくできないということだ。自分勝手であることは、感情の矛先を間違えるということだ。優しさの本質は他者への興味だ」。全《すべ》てを知った「僕」は、手遅れだったとうずくまるのではなく、言葉を飲み込むことなどせずに、「もう一度クラゲを呼ぼう」と小崎に提案する。そして、「今度は僕も土俵に上がる」と決意を告げる。

そこから先の展開は、優しさの宝庫だ。周囲を巻き込んだサークル・オブ・フレンズな日々が勃発し、大人たちの描かれ方も含め、人間の悪意ではなく善意を見つめる視線が強度を増している。たとえどんな聖人や権力者であっても、全員は救えない。一市民、一生徒であるならばなおさらだ。しかし、目の前で困っている誰かに手を差し伸べ、寄り添うことはできる。作中で「目撃者の義務」と表現されるこの思考法をはじめ、『晴れ、時々くらげを呼ぶ』という小説の根底にあるのは、今の世の中を覆い尽くしている性悪説ではなく、今どき珍しいくらいの性善説だ。

人は、もともと優しい存在である。そんな著者の世界観——自分には世界がこう観える、という感覚——が最もよく出ているのは、ラストで明かされる、小学三年生の時に亡くなった父と「僕」とのエピソードの続きだ。「迷惑かけてごめんな」。その後に、二人は大事な会話を交わしていた。「僕」は小崎とクラゲの事件を経て、優しくなったわけではない。「僕」の中にもともとあったものの眠っていた優しさが、再び表に出てきただけなのだ。

著者は第二作となる長編『アイアムマイヒーロー!』(講談社)を二〇二一年八月に刊行している。主人公である大学生の敷石和也《しきいしたかなり》は、駅のホームから線路に落ちた女性を救おうとしたところ、一〇年前にタイムスリップしてしまう。驚くべきことに、〈中身は大人の俺、外見は赤の他人〉として。さきほど「小説の歴史、物語の歴史とは、先人たちが記した作品を、新人たちがアップデートする営みの連鎖だ」と記したが、まさにそれ。登場人物によって「赤の他人タイムスリップ」と命名された、タイムスリップものの「新種」だ。そして、主人公がもともと持っていた優しさや強さを取り戻す物語であるという点で、『晴れ、時々くらげを呼ぶ』の物語とシンクロしている。と同時に、優しさを、他者に対してだけでなく、自分にも向けてみることの尊さを描き出すことに成功している。

誰かの優しさを目撃することで、誰もがもともと持っている、内なる優しさが呼び覚まされる。読めばそう、信じられるようになる。優しさに満ちた鯨井あめの小説を読むことには、大きな意義がある。

本書は二〇二〇年六月、講談社より単行本として刊行されました。

|著者| 鯨井あめ　1998年生まれ。兵庫県豊岡市出身。兵庫県在住、大学院在学中。執筆歴13年。2015年より小説サイトに短編・長編の投稿を開始。'17年に『文学フリマ短編小説賞』優秀賞を受賞。'20年、第14回小説現代長編新人賞受賞作『晴れ、時々くらげを呼ぶ』でデビュー。その他の著作に『アイアムマイヒーロー！』。

晴《は》れ、時々《ときどき》くらげを呼《よ》ぶ

鯨井《くじらい》あめ

講談社文庫
定価はカバーに
表示してあります

2022年６月15日第１刷発行

KODANSHA

発行者――鈴木章一
発行所――株式会社　講談社
東京都文京区音羽2-12-21　〒112-8001
電話　出版　(03) 5395-3510
　　　販売　(03) 5395-5817
　　　業務　(03) 5395-3615

Printed in Japan

デザイン―菊地信義
本文データ制作―講談社デジタル製作
印刷―――大日本印刷株式会社
製本―――大日本印刷株式会社

ISBN978-4-06-527247-3

講談社文庫刊行の辞

二十一世紀の到来を目睫に望みながら、われわれはいま、人類史上かつて例を見ない巨大な転換期をむかえようとしている。

世界も、日本も、激動の予兆に対する期待とおののきを内に蔵して、未知の時代に歩み入ろうとしている。このときにあたり、創業の人野間清治の「ナショナル・エデュケイター」への志を現代に甦らせようと意図して、われわれはここに古今の文芸作品はいうまでもなく、ひろく人文・社会・自然の諸科学から東西の名著を網羅する、新しい綜合文庫の発刊を決意した。

激動の転換期はまた断絶の時代である。われわれは戦後二十五年間の出版文化のありかたへの深い反省をこめて、この断絶の時代にあえて人間的な持続を求めようとする。いたずらに浮薄な商業主義のあだ花を追い求めることなく、長期にわたって良書に生命をあたえようとつとめるところにしか、今後の出版文化の真の繁栄はあり得ないと信じるからである。

同時にわれわれはこの綜合文庫の刊行を通じて、人文・社会・自然の諸科学が、結局人間の学にほかならないことを立証しようと願っている。かつて知識とは、「汝自身を知る」ことにつきていた。現代社会の瑣末な情報の氾濫のなかから、力強い知識の源泉を掘り起し、技術文明のただなかに、生きた人間の姿を復活させること。それこそわれわれの切なる希求である。

われわれは権威に盲従せず、俗流に媚びることなく、渾然一体となって日本の「草の根」をかたちづくる若く新しい世代の人々に、心をこめてこの新しい綜合文庫をおくり届けたい。それは知識の泉であるとともに感受性のふるさとであり、もっとも有機的に組織され、社会に開かれた万人のための大学をめざしている。大方の支援と協力を衷心より切望してやまない。

一九七一年七月

野間省一

講談社文芸文庫

藤澤清造　西村賢太 編・校訂

狼の吐息／愛憎一念

藤澤清造　負の小説集

解説・年譜＝西村賢太

貧苦と怨嗟を戯作精神で彩った作品群から歿後弟子・西村賢太が精選し、校訂を施す。新発見原稿を併せ、不屈を貫いた私小説家の〝負〟の意地の真髄を照射する。

978-4-06-516677-2
ふN1

藤澤清造　西村賢太 編

根津権現前より

藤澤清造随筆集

解説＝六角精児　年譜＝西村賢太

「歿後弟子」は、師の人生をなぞるかのようなその死の直前まで諸雑誌にあたり、編集・配列に意を用いていた。時空を超えた「魂の感応」の産物こそが本書である。

978-4-06-528090-4
ふN2

講談社文庫　目録

講談社文庫　目録

我孫子武丸　狼と兎のゲーム
我孫子武丸　新装版 殺戮にいたる病
有栖川有栖　ロシア紅茶の謎
有栖川有栖　スウェーデン館の謎
有栖川有栖　ブラジル蝶の謎
有栖川有栖　英国庭園の謎
有栖川有栖　ペルシャ猫の謎
有栖川有栖　幻想運河
有栖川有栖　マレー鉄道の謎
有栖川有栖　スイス時計の謎
有栖川有栖　モロッコ水晶の謎
有栖川有栖　インド倶楽部の謎
有栖川有栖　カナダ金貨の謎
有栖川有栖　新装版 マジックミラー
有栖川有栖　新装版 46番目の密室
有栖川有栖　虹果て村の秘密
有栖川有栖　闇の喇《らっ》叭《ぱ》
有栖川有栖　真夜中の探偵
有栖川有栖　論理爆弾

有栖川有栖　名探偵傑作短篇集 火村英生篇
浅田次郎　勇気凜凜ルリの色
浅田次郎　霞町物語
浅田次郎　ひとは情熱がなければ生きていけない〈勇気凜凜ルリの色〉
浅田次郎　シェエラザード(上)(下)
浅田次郎　歩兵の本領
浅田次郎　蒼穹の昴 全四巻
浅田次郎　珍妃の井戸
浅田次郎　中原の虹 全四巻
浅田次郎　マンチュリアン・リポート
浅田次郎　天《てん》子《し》蒙《もう》塵《じん》 全四巻
浅田次郎　天国までの百マイル
浅田次郎　地下鉄《メトロ》に乗って〈新装版〉
浅田次郎　おもかげ
浅田次郎　日輪の遺産〈新装版〉
青木玉　小石川の家
阿部和重　アメリカの夜
阿部和重　グランド・フィナーレ
阿部和重　ABC〈阿部和重初期作品集〉

阿部和重　ミステリアスセッティング
阿部和重　IP/NN 阿部和重傑作集
阿部和重　シンセミア(上)(下)
阿部和重　ピストルズ(上)(下)
甘糟りり子　産む、産まない、産めない
甘糟りり子　産まなくても、産めなくても
赤井三尋　翳《かげ》りゆく夏
あさのあつこ　NO.6〔ナンバーシックス〕#1
あさのあつこ　NO.6〔ナンバーシックス〕#2
あさのあつこ　NO.6〔ナンバーシックス〕#3
あさのあつこ　NO.6〔ナンバーシックス〕#4
あさのあつこ　NO.6〔ナンバーシックス〕#5
あさのあつこ　NO.6〔ナンバーシックス〕#6
あさのあつこ　NO.6〔ナンバーシックス〕#7
あさのあつこ　NO.6〔ナンバーシックス〕#8
あさのあつこ　NO.6〔ナンバーシックス〕#9
あさのあつこ　NO.6beyond〔ナンバーシックス・ビヨンド〕
あさのあつこ　待ってる〈橘屋草子〉
あさのあつこ　さいとう市立さいとう高校野球部(上)(下)

あさのあつこ　甲子園でエースしちゃいました〈さいとう市立さいとう高校野球部〉
あさのあつこ　おれが先輩？〈さいとう市立さいとう高校野球部〉
阿部夏丸　泣けない魚たち
朝倉かすみ　肝、焼ける
朝倉かすみ　好かれようとしない
朝倉かすみ　ともしびマーケット
朝倉かすみ　感応連鎖
朝倉かすみ　たそがれどきに見つけたもの
朝比奈あすか　憂鬱なハスビーン
朝比奈あすか　あの子が欲しい
天野作市　気高き昼寝
天野作市　みんなの旅行
青柳碧人　浜村渚の計算ノート
青柳碧人　浜村渚の計算ノート 2さつめ〈ふしぎの国の期末テスト〉
青柳碧人　浜村渚の計算ノート 3さつめ〈水色コンパスと恋する幾何学〉
青柳碧人　浜村渚の計算ノート 3と1/2さつめ〈ふえるま島の最終定理〉
青柳碧人　浜村渚の計算ノート 4さつめ〈方程式は歌声に乗って〉
青柳碧人　浜村渚の計算ノート 5さつめ〈鳴くよウグイス、平面上〉
青柳碧人　浜村渚の計算ノート 6さつめ〈パピルスよ、永遠に〉

青柳碧人　浜村渚の計算ノート 7さつめ〈悪魔とポタージュスープ〉
青柳碧人　浜村渚の計算ノート 8さつめ〈虚数じかけの夏みかん〉
青柳碧人　浜村渚の計算ノート 8と2分の1さつめ〈つるかめ家の一族〉
青柳碧人　浜村渚の計算ノート 9さつめ〈恋人たちの必勝法《マーチンゲール》〉
青柳碧人　霊視刑事夕雨子《ゆうこ》1〈誰かがそこにいる〉
青柳碧人　霊視刑事夕雨子2〈雨空の鎮魂歌《レクイエム》〉
朝井まかて　花《はな》競《くら》べ〈向嶋なずな屋繁盛記〉
朝井まかて　ちゃんちゃら
朝井まかて　すかたん
朝井まかて　ぬけまいる
朝井まかて　恋歌
朝井まかて　阿《お》蘭《らん》陀《だ》西《さい》鶴《かく》
朝井まかて　藪《やぶ》医《い》 ふらここ堂
朝井まかて　福袋
朝井まかて　草々不一
歩《あゆみ》りえこ　ブラを捨て旅に出よう〈貧乏乙女《ぜろか》の〝世界一周〟旅行記〉
安藤祐介　営業零課接待班
安藤祐介　被取締役《とりしまられやく》新入社員
安藤祐介　おい！山田〈大翔製菓広報宣伝部〉

安藤祐介　宝くじが当たったら
安藤祐介　一〇〇〇ヘクトパスカル
安藤祐介　テノヒラ幕府株式会社
安藤祐介　本のエンドロール
青木理　絞首刑
麻見和史　石の繭〈警視庁殺人分析班〉
麻見和史　蟻《あり》の階段〈警視庁殺人分析班〉
麻見和史　水晶の鼓動〈警視庁殺人分析班〉
麻見和史　虚空の糸〈警視庁殺人分析班〉
麻見和史　聖者の凶数〈警視庁殺人分析班〉
麻見和史　女神の骨格〈警視庁殺人分析班〉
麻見和史　蝶の力学〈警視庁殺人分析班〉
麻見和史　雨色の仔羊〈警視庁殺人分析班〉
麻見和史　奈落の偶像〈警視庁殺人分析班〉
麻見和史　鷹《たか》の砦《とりで》〈警視庁殺人分析班〉
麻見和史　凪《なぎ》の残響〈警視庁殺人分析班〉
麻見和史　天空の鏡〈警視庁殺人分析班〉
麻見和史　深紅の断片〈警防課救命チーム〉
麻見和史　邪神の天秤〈警視庁公安分析班〉

麻見和史　偽神の審判〈警視庁公安分析班〉
有川　浩　三匹のおっさん
有川　浩　三匹のおっさん　ふたたび
有川　浩　ヒア・カムズ・ザ・サン
有川　浩　旅猫リポート
有川ひろ　アンマーとぼくら
有川ひろほか　ニャンニャンにゃんそろじー
荒崎一海　門前仲町〈九頭竜覚山　浮世綴㈠〉
荒崎一海　蓬莱橋雨景〈九頭竜覚山　浮世綴㈡〉
荒崎一海　寺町哀感〈九頭竜覚山　浮世綴㈢〉
荒崎一海　小《お》名《な》木《き》川《がわ》〈九頭竜覚山　浮世綴㈣〉
荒崎一海　一色町雪花〈九頭竜覚山　浮世綴㈤〉
朱野帰《かえ》子《こ》　駅物語
朱野帰子　対岸の家事
東　浩紀　一般意志2・0〈ルソー、フロイト、グーグル〉
朝倉宏景　白球アフロ
朝倉宏景　野球部ひとり
朝倉宏景　つよく結べ、ポニーテール
朝倉宏景　あめつちのうた

朝井リョウ　スペードの3
朝井リョウ　世にも奇妙な君物語
有沢ゆう希　末次由紀　原作　〈小説〉ちはやふる　上の句
有沢ゆう希　末次由紀　原作　〈小説〉ちはやふる　下の句
有沢ゆう希　末次由紀　原作　〈小説〉ちはやふる　結び
有沢ゆう希　小説　パーフェクトワールド〈君といる奇跡〉
有沢ゆう希　原作：金田一蓮十郎　脚本：徳永友一　小説　ライアー×ライアー
秋川滝美　幸《こう》腹《ふく》な百貨店
秋川滝美　幸腹な百貨店〈デパ地下おにぎり騒動〉
秋川滝美　幸腹な百貨店〈催事場で蕎麦屋呑み〉
秋川滝美　マチのお気楽料理教室
赤神　諒　神遊の城
赤神　諒　大友二階崩れ
赤神　諒　大友落月記
赤神　諒　酔象の流儀　朝倉盛衰記
赤神　諒　空《うつせ》貝《がい》〈村上水軍の神姫《しんき》〉
彩瀬まる　やがて海へと届く
浅生　鴨　伴走者
天野純希　有楽斎の戦

天野純希　雑賀《さいか》のいくさ姫《ひめ》
青木祐子　コーチ！〈はげまし屋・立花ことりのクライアントファイル〉
秋保《あきう》水菓《すいか》　コンビニなしでは生きられない
相沢沙呼　medium《メディウム》　霊媒探偵城塚翡翠《じょうづかひすい》
新井見枝香　本屋の新井
碧野　圭　凛として弓を引く
五木寛之　ソフィアの秋
五木寛之　狼のブルース
五木寛之　海峡物語
五木寛之　風花のひと
五木寛之　鳥の歌(上)(下)
五木寛之　燃える秋
五木寛之　真夜中の望遠鏡〈流されゆく日々'78〉
五木寛之　ナホトカ青春航路〈流されゆく日々'79〉
五木寛之　旅の幻燈
五木寛之　他力
五木寛之　こころの天気図
五木寛之　新装版　恋歌
五木寛之　百寺巡礼　第一巻　奈良

講談社文庫　目録

五木寛之　百寺巡礼　第二巻　北陸
五木寛之　百寺巡礼　第三巻　京都Ⅰ
五木寛之　百寺巡礼　第四巻　滋賀・東海
五木寛之　百寺巡礼　第五巻　関東・信州
五木寛之　百寺巡礼　第六巻　関西
五木寛之　百寺巡礼　第七巻　東北
五木寛之　百寺巡礼　第八巻　山陰・山陽
五木寛之　百寺巡礼　第九巻　京都Ⅱ
五木寛之　百寺巡礼　第十巻　四国・九州
五木寛之　海外版　百寺巡礼　インド1
五木寛之　海外版　百寺巡礼　インド2
五木寛之　海外版　百寺巡礼　朝鮮半島
五木寛之　海外版　百寺巡礼　中　国
五木寛之　海外版　百寺巡礼　ブータン
五木寛之　海外版　百寺巡礼　日本・アメリカ
五木寛之　青春の門　第七部　挑戦篇
五木寛之　青春の門　第八部　風雲篇
五木寛之　青春の門　第九部　漂流篇
五木寛之　親鸞　青春篇　(上)(下)

五木寛之　親鸞　激動篇　(上)(下)
五木寛之　親鸞　完結篇　(上)(下)
五木寛之　五木寛之の金沢さんぽ
五木寛之　海を見ていたジョニー　新装版
井上ひさし　モッキンポット師の後始末
井上ひさし　ナ　イ　ン
井上ひさし　四千万歩の男　全五冊
井上ひさし　四千万歩の男　忠敬の生き方
井上ひさし　司馬遼太郎　新装版　国家・宗教・日本人
池波正太郎　私　の　歳　月
池波正太郎　よい匂いのする一夜
池波正太郎　梅安料理ごよみ
池波正太郎　わが家の夕めし
池波正太郎　新装版　緑のオリンピア
池波正太郎　新装版　殺しの四人　〈仕掛人　藤枝梅安(一)〉
池波正太郎　新装版　梅安蟻地獄　〈仕掛人　藤枝梅安(二)〉
池波正太郎　新装版　梅安最合傘　〈仕掛人　藤枝梅安(三)〉
池波正太郎　新装版　梅安針供養　〈仕掛人　藤枝梅安(四)〉
池波正太郎　新装版　梅安乱れ雲　〈仕掛人　藤枝梅安(五)〉

池波正太郎　新装版　梅安影法師　〈仕掛人　藤枝梅安(六)〉
池波正太郎　新装版　梅安冬時雨　〈仕掛人　藤枝梅安(七)〉
池波正太郎　新装版　忍びの女　(上)(下)
池波正太郎　新装版　殺　し　の　掟
池波正太郎　新装版　抜討ち半九郎
池波正太郎　新装版　娼　婦　の　眼
池波正太郎　近藤勇白書　(上)(下)　〈レジェンド歴史時代小説〉
井上　靖　楊　貴　妃　伝
石牟礼道子　新装版　苦《く》海《がい》浄《じょう》土《ど》　〈わが水俣病〉
いわさきちひろ　ちひろのことば
いわさきちひろ　松本　猛　いわさきちひろの絵と心
いわさきちひろ　絵本美術館編　ちひろ・子どもの情景　〈文庫ギャラリー〉
いわさきちひろ　絵本美術館編　ちひろ・紫のメッセージ　〈文庫ギャラリー〉
いわさきちひろ　絵本美術館編　ちひろの花ことば　〈文庫ギャラリー〉
いわさきちひろ　絵本美術館編　ちひろのアンデルセン　〈文庫ギャラリー〉
いわさきちひろ　絵本美術館編　ちひろ・平和への願い　〈文庫ギャラリー〉
石野径一郎　新装版　ひめゆりの塔
今西錦司　生　物　の　世　界
井沢元彦　義　経　幻　殺　録

講談社文庫　目録

井沢元彦　光と影の武蔵〈切支丹秘録〉
井沢元彦　新装版 猿丸幻視行
伊集院 静　乳房
伊集院 静　遠い昨日
伊集院 静　夢は枯野を〈競輪躁鬱旅行〉
伊集院 静　野球で学んだこと ヒデキ君に教わったこと
伊集院 静　峠の声
伊集院 静　白秋
伊集院 静　潮流
伊集院 静　冬の蜻蛉《とんぼ》
伊集院 静　オルゴール
伊集院 静　昨日スケッチ
伊集院 静　あづま橋
伊集院 静　ぼくのボールが君に届けば
伊集院 静　駅までの道をおしえて
伊集院 静　受け月
伊集院 静　坂の上のμ〈野球小説アンソロジー〉
伊集院 静　ねむりねこ
伊集院 静　新装版 三年坂

伊集院 静　お父やんとオジさん(上)(下)
伊集院 静　ノボさん(上)(下)〈小説 正岡子規と夏目漱石〉
伊集院 静　機関車先生〈新装版〉
いとうせいこう　我々の恋愛
いとうせいこう　「国境なき医師団」を見に行く
井上夢人　ダレカガナカニイル…
井上夢人　プラスティック
井上夢人　オルファクトグラム(上)(下)
井上夢人　もつれっぱなし
井上夢人　あわせ鏡に飛び込んで
井上夢人　魔法使いの弟子たち(上)(下)
井上夢人　ラバー・ソウル
池井戸 潤　果つる底なき
池井戸 潤　架空通貨
池井戸 潤　銀行狐
池井戸 潤　仇敵
池井戸 潤　BT'63(上)(下)
池井戸 潤　空飛ぶタイヤ(上)(下)
池井戸 潤　鉄の骨

池井戸 潤　新装版 銀行総務特命
池井戸 潤　新装版 不祥事
池井戸 潤　ルーズヴェルト・ゲーム
池井戸 潤　半沢直樹1〈オレたちバブル入行組〉
池井戸 潤　半沢直樹2〈オレたち花のバブル組〉
池井戸 潤　半沢直樹3〈ロスジェネの逆襲〉
池井戸 潤　半沢直樹4〈銀翼のイカロス〉
池井戸 潤　花咲舞が黙ってない〈新装増補版〉
石田衣良　LAST[ラスト]
石田衣良　東京DOLL
石田衣良　てのひらの迷路
石田衣良　40《フォーティ》翼ふたたび
石田衣良　sex
石田衣良　逆《さか》島《しま》断《たつ》雄《お》〈進駐官養成高校の決闘編1〉
石田衣良　逆島断雄〈進駐官養成高校の決闘編2〉
石田衣良　逆島断雄〈本土最終防衛決戦編1〉
石田衣良　逆島断雄〈本土最終防衛決戦編2〉
石田衣良　初めて彼を買った日
井上荒野　ひどい感じ―父・井上光晴

講談社文庫　目録

稲葉　稔　椋鳥の影〈八丁堀手控え帖〉
伊坂幸太郎　チルドレン
伊坂幸太郎　魔王
伊坂幸太郎　モダンタイムス(上)(下)
伊坂幸太郎　PK
伊坂幸太郎　サブマリン
絲山秋子　袋小路の男
石黒　耀　死都日本
石黒　耀　忠臣蔵異聞〈家老 大野九郎兵衛の長い仇討ち〉
犬飼六岐　筋違い半介
犬飼六岐　吉岡清三郎貸腕帳
石川大我　ボクの彼氏はどこにいる?
石松宏章　マジでガチなボランティア
伊東　潤　国を蹴った男
伊東　潤　峠越え
伊東　潤　黎明に起《た》つ
伊東　潤　池田屋乱刃
石飛幸三　「平穏死」のすすめ〈口から食べられなくなったらどうしますか〉
伊藤理佐　女のはしょり道

伊藤理佐　また！女のはしょり道
伊藤理佐　みたび！女のはしょり道
石黒正数　外《げ》天《てん》楼《ろう》
伊与原　新　ルカの方《はこ》舟《ぶね》
伊与原　新　コンタミ　科学汚染
稲葉圭《よし》昭《あき》　恥さらし〈北海道警 悪徳刑事の告白〉
稲葉博《ひろ》一《いち》　忍者烈伝
稲葉博一　忍者烈伝ノ続
稲葉博一　忍者烈伝ノ乱〈天之巻〉〈地之巻〉
伊岡　瞬　桜の花が散る前に
石川智健　エウレカの確率〈経済学捜査と殺人の効用〉
石川智健　60《ロクジュウ》〈誤判対策室〉
石川智健　20《ニジュウ》〈誤判対策室〉
石川智健　第三者隠蔽機関
石川智健　いたずらにモテる刑事の捜査報告書
井上真《ま》偽《ぎ》　その可能性はすでに考えた
井上真偽　聖女の毒杯〈その可能性はすでに考えた〉
井上真偽　恋と禁忌の述語論理《プレディケット》
泉　ゆたか　お師匠さま、整いました！

伊兼源太郎　地検のS
伊兼源太郎　巨悪
逸木　裕　電気じかけのクジラは歌う
今村翔吾　イクサガミ　天
入月英一　信長と征《ゆ》く 1・2〈転生商人の天下取り〉
内田康夫　シーラカンス殺人事件
内田康夫　パソコン探偵の名推理
内田康夫　「横山大観」殺人事件
内田康夫　江田島殺人事件
内田康夫　琵琶湖周航殺人歌
内田康夫　夏泊殺人岬
内田康夫　「信濃の国」殺人事件
内田康夫　風葬の城
内田康夫　透明な遺書
内田康夫　鞆《とも》の浦《うら》殺人事件
内田康夫　終幕《フィナーレ》のない殺人
内田康夫　御堂筋殺人事件
内田康夫　記憶の中の殺人
内田康夫　北国街道殺人事件

2022年3月15日現在